文春文庫

徒然《つれづれ》ノ冬《ふゆ》

居眠り磐音（四十三）決定版

佐伯泰英

文藝春秋

目次

「居眠り磐音」主な登場人物

坂崎《さかざき》磐音《いわね》
元豊後関前藩士の浪人。直心影流の達人。師である養父・佐々木玲圓の死後、江戸郊外の小梅村に尚武館坂崎道場を再興した。

おこん
磐音の妻。磐音が暮らした長屋の大家・金兵衛の娘。今津屋の奥向き女中だった。磐音の嫡男・空也《くうや》と娘の睦月《むつき》を生す。

今津屋《いまづや》吉右衛門《きちえもん》
両国西広小路の両替商の主人。お佐紀《さき》と再婚、一太郎らが生まれた。

由蔵《よしぞう》
今津屋の老分番頭。

佐々木《ささき》玲圓《れいえん》
磐音の義父。内儀のおえいとともに自裁。

速水《はやみ》左近《さこん》
幕府奏者番。佐々木玲圓の剣友。おこんの養父。

松平《まつだいら》辰平《たつぺい》
佐々木道場からの住み込み門弟。父は旗本・松平喜内《きない》。

重富《しげとみ》利次郎《としじろう》
佐々木道場からの住み込み門弟。土佐高知藩山内家の家臣。

霧子《きりこ》　雑賀衆の女忍び。尚武館道場に身を寄せる。

小田平助《おだへいすけ》　槍折れの達人。尚武館道場の客分として長屋に住む。

品川柳次郎《しながわりゅうじろう》　北割下水の拝領屋敷に住む貧乏御家人。母は幾代《いくよ》。お有《ゆう》を妻に迎えた。

竹村武左衛門《たけむらぶざえもん》　陸奥磐城平藩下屋敷の門番。妻は勢津《せつ》。早苗など四人の子がいる。

弥助《やすけ》　「越中富山の薬売り」と称する密偵。

笹塚孫一《ささづかまごいち》　南町奉行所の年番方与力。

木下一郎太《きのしたいちろうた》　南町奉行所の定廻り同心。

中居半蔵《なかいはんぞう》　豊後関前藩の江戸藩邸の留守居役兼用人。

徳川家基《とくがわいえもと》　将軍家の世嗣。西の丸の主。十八歳で死去。

小林奈緒《こばやしなお》　磐音の幼馴染みで許婚《いいなずけ》だった。小林家廃絶後、江戸・吉原で花魁《おいらん》・白鶴《はっかく》となる。前田屋内蔵助に落籍され、山形へと旅立った。

坂崎正睦《さかざきまさよし》　磐音の実父。豊後関前藩の藩主福坂実高《ふくさかさねたか》のもと、国家老を務める。

田沼意次《たぬまおきつぐ》　幕府老中。嫡男・意知《おきとも》は奏者番を務める。

『居眠り磐音』江戸地図

新吉原
尚武館坂崎道場
山谷堀
東叡山 寛永寺
忍ケ岡
上野
不忍池
下谷広小路
下谷車坂町
新寺町通り
浅草
待乳山
聖天社
竹屋ノ渡し
向島
三囲稲荷
今戸橋
浅草寺
花川戸町
常泉寺
小梅村
新堀川
吾妻橋
源森川
安藤家
下屋敷
業平橋
御厩河岸ノ渡し
品川家
首尾の松
北割下水
十間川
今津屋
吉岡町
法恩寺橋
本所
天神橋
和泉橋
新シ橋
石原橋
柳原土手
浅草御門
両国橋
南割下水
入江町
横川
金的銀的
長崎屋
回向院
竪川
松井橋
薬研堀
浮世小路
若狭屋
大川
鰻処宮戸川
六間堀
魚河岸
鎧河岸
猿子橋
新高橋
日本橋
新大橋
小名木川
日本橋
万年橋
鎧ノ渡し
霊巌寺
砂村新田
永久橋
深川
亀島橋
金兵衛長屋
佐賀町
霊岸島
八丁堀
永代橋
仙台堀
永代寺
鉄砲洲
富岡八幡宮
越中島
佃島
堺橋

護国寺
中山道
日光御成街道
面影橋
小石川
伝通院
本郷
下谷茅町
石切橋
豊後関前藩
上屋敷
湯島天神
牛込
神田川
神田明神
牛込御門
水道橋
表猿楽町
元尚武館佐々木道場
駒井小路
駿河台
昌平橋
筋違橋御門
田安御門
市谷八幡宮
神保小路
九段坂
俎橋
雉子橋
内藤新宿
四谷大木戸
市谷御門
一橋御門
千鳥ヶ淵
鎌倉河岸
善国寺谷通
麹町
江戸城
神田橋
四谷
四谷御門
本丸
大手御門
半蔵御門
一石橋
道灌堀
西の丸
紀尾井坂
平川天満宮
和田倉御門
呉服町
赤坂御門
馬場先御門
鍛冶橋御門
南町奉行所
京橋
数寄屋橋御門
三十間堀
溜池
清水谷
氷川明神
木挽橋
原宿
愛宕権現
芝口橋
木挽町
長谷寺
宝泉寺
麻布村
麻布広尾町
増上寺
芝
赤羽橋

徒然ノ冬

居眠り磐音（四十三）決定版

第一章　修太郎の迷い

一

巫女舞《みこまい》の調べが響いていた。笙《しょう》、鉦《かね》、笛の音が優雅な調べを紡《つむ》いでいた。

広大な天から白いものが舞い落ちていた。

ひとひらふたひらだった白いものは雅《みやび》な調べに合わせてだんだんと増えていき、ゆっくりと、だが、際限なく踊るように舞い落ちてきた。とはいえ、高く広い空を覆い尽くすほどではない。

「雪や、今年最初の雪やで」

老婆の声が地底の深いところから伝わってきた。

梅衣《うめごろも》のお清《きよ》の声だった。

（ああ、姥捨舞《うばすてまい》や、姥捨の郷《さと》や）

霧子《きりこ》は広大無辺な腕に包まれたような安寧《あんねい》と平穏を感じていた。

（幼馴染《おさななじ》みのおかめはどこや、源七《げんしち》はどこにおる）

霧子は大きな腕に抱かれながら、そんなことを考えていた。

初雪が生じた天から地上界へと、霧子の眼差《まなざ》しはゆるゆると落ちていく。

（姥捨の朋輩《ほうばい》はいずこにおるんや）

刈り取られた棚田が見えた。うねり流れる細い丹入川《にいりがわ》が里山の間を鈍い光を放って流れていく。神殿造りの大屋根を中心に何軒もの家々が広場を囲んでいた。

（やっぱり姥捨の郷や。いや、違うんか）

だが、どこにも人の気配は感じられなかった。

すうっ
と視界が再び広がった。

内八葉外八葉《ないのはちようげのはちよう》の山並みが姥捨の郷を囲み、遠くに紀伊《きい》の海が光って見えた。

（そうだ、空海様の腕に抱かれておるんや）

霧子が意識したとき、白い景色は消えた。

無明《むみよう》の時が流れて、山桜が緑の山並みに白いおぼろな色を加え、鳥たちが囀《さえず》り、春の到来を告げていた。

姥捨がいちばん美しい季節を迎えていた。

郷を囲む内八葉外八葉の山並みが笑っていた。

空海様の慈顔が霧子の眼に映じたとき、はたと気付いた。

（私は死ぬのか、空海様の腕に委《ゆだ》ねられたのか）

霧子は口の中で、

「南無《なむ》大師遍照金剛《だいしへんじようこんごう》」

の八文字を唱えた。

霧子の眼差しに丹入川の清らかな流れが映っていた。仲間たちと流れに顔をつけて川蟹を追っていた。おかめの小さな足が躍り、川底の岩を手で転がして蟹を捕まえ、霧子の前に差し出した。

（おかめ、いいな、大きな蟹を捕まえて）

お大師様、私にも恵みをくださいな、と霧子が思ったとき、思念はぷっつりと消えた。

天明《てんめい》三年（一七八三）十一月一日、田沼意知《たぬまおきとも》は幕閣の順位で老中に次ぐ若年寄に昇進した。三十五歳の意知はふだん木挽町《こびきちょう》にある意次《おきつぐ》の中屋敷に暮らしていたが、これでは老中と若年寄が同居することになる。むろん形式上の同居だ。それでも幕閣の一部から、父子といえども重職二人が、

「同居はまずかろう」

という批判が出て、正式にこの中屋敷を若年寄田沼意知の屋敷とする旨が意次から幕閣内に伝えられた。

若年寄になった意知は月番を免じられ、時折り奥向きの御用を勤めるよう命じられた。つまりは将軍の側近としての職務を与えられたわけだ。

父は老中、子は若年寄。幕政を壟断《ろうだん》し、嫡子《ちゃくし》の意知に全権力を移譲する意図を意次は明確にしたのだ。

弥助《やすけ》は猪牙舟《ちょき》を漕《こ》いで隅田川の流れを下っていた。胴《どう》の間《ま》には磐音《いわね》とおこん、いを乗せていた。

朝稽古《あさげいこ》を終え、朝餉《あさげ》と昼餉《ひるげ》を兼ねた食事を済ませたあと、三人は外出した。

浅草寺《せんそうじ》の本堂の甍《いらか》の上にいささか気の早い凧《たこ》が浮かんでいた。

「師走《しわす》にございますな」

と弥助がぽつんと呟《つぶや》いた。

「長い日々にございました」

おこんが応じた。霧子がいない日々を無意識に胸のうちで数えて、おこんは答えていた。

小梅村での道場稽古の帰りに、豊後《ぶんご》関前《せきまえ》藩の跡継《あとつ》ぎ福坂俊次《ふくさかとしつぐ》らが起倒《きとう》流鈴木《すずき》清《せい》兵衛《べえ》道場一味に襲われた。

隅田川の水上であった。

俊次は難を逃れたものの、関前藩士の籐子《とうご》慈助《じすけ》が槍傷を、また応援に駆け付けた霧子が半弓《はんきゅう》で射られて矢傷を負った。

槍先にも矢にも毒が塗られていたこともあって、二人は即刻意識を失った。

弥助が二人の傷口から毒を吸い出し、直ちに桂川甫周国瑞《かつらがわほしゅうくにあきら》の診療所がある駒井《こまい》小路《こうじ》に二人を運ぼうとした。が、事態は急を要した。

そこで国瑞の盟友の中川淳庵《なかがわじゅんあん》が藩医を務める若狭《わかさ》小浜《おばま》藩の江戸藩邸に運び込み、中川の手で早速解毒治療が始まった。一方、国瑞にも使いが出され、『解体新書《ターヘル・アナトミア》』の翻訳に加わった蘭医《らんい》二人が渾身の手当てを行った。

やがて慈助は意識を取り戻した。だが、霧子は意識を失ったまま、未だ死線をさ迷っていた。小梅村では田沼意知の若年寄昇進を当然察知していたが、そちらに注意を向ける余裕がなかった。

そんな最中、小梅村に国瑞が訪ねてきて、磐音らが前々から何度も懇願してきた小梅村への霧子の移送を許した。そこで重富利次郎《しげとみとしじろう》、松平辰平《まつだいらたつぺい》の尚武館《しょうぶかん》の門弟二人が今朝方より若狭小浜藩江戸藩邸に出向いていた。

磐音らは一足遅れて霧子を引き取るために若狭小浜藩酒井《さかい》家に向かっていた。

「おこん、霧子は未だ戦うておる、生きようともがいておる」

「はい」

磐音の言葉におこんが頷《うなず》いた。

「ともあれ、霧子を小梅村に迎えるまでになりました」

と師匠の弥助が応じ、

「中川淳庵先生と桂川甫周先生の献身的な治療で命は取り留めました。こうなれば、霧子がどこまでわっしらとともに生きたいか、その一念にかかっておりましような」

と言い足した。

「霧子さんのいない小梅村の日々、どれほど寂しかったことか」

「真《まこと》に長い日々にございましたな」

「弥助様と利次郎さんにとっては格別に」

「いえ、わっしらすべての人間にでございますよ」

と弥助が言い、吾妻橋《あづまばし》の下を潜《くぐ》った。

「霧子さんと最初に縁を持たれたのは弥助様にございましたね」

「家治《いえはる》様の日光社参の折り、わっしらは微行の家基《いえもと》様にお供して日光に参りました。そこで家基様のお命を狙《ねら》う雑賀衆《さいかしゅう》下忍雑賀泰造《たいぞう》らに付け狙われたのでございますがな、霧子はあの泰造の手下の女忍びにございました」

「弥助どのが大谷川《だいやがわ》の流れに引《ひ》き摺《ず》り込み、気を失わせ、それがしのもとに連れてこられた。家基様が死に急ごうとする霧子を憐み、『……一族の顚末《てんまつ》、そなたの目で確かめよ。それが、天がそなたに与えた使命と思え』と諭《さと》して生きることをお許しになったのであった」

「霧子を江戸に連れてきた当初、まるで山猿のような険しい眼差しで、怒りと不信をわっしらに向けておりましたよ」

弥助も七年前の夏のことを思い出していた。

今や坂崎《さかざき》家の身内同然の霧子だった。

なんとしても霧子に意識を取り戻してもらいたいと、坂崎家も尚武館の門弟も周りも願っていた。

「霧子さんのこともさりながら、利次郎さんの思い詰めた様子が気がかりにございます」

「あれほどまでに利次郎さんの想いが深いとは、わっしも考えもしませんでしたよ」

「利次郎どのの想いは必ずや霧子に通じておろう」

「へえ、その一途な想いを受け止めて霧子は戦うておるのでございますよ」

「霧子さんがいなければ、空也《くうや》は生まれておりませんでした。いえ、私の命さえなかったはずでございます。となれば睦月《むつき》もこの世にはおりませんでした」

磐音はおこんの言葉を無言で受け止めた。

家基が暗殺されたあと、神保小路《じんぼうこうじ》の尚武館が潰《つぶ》され、磐音とおこんは江戸を離れることになった。だが、行く先々に田沼一派の刺客が現れ、磐音らが行き場をなくしたとき、霧子が幼き折りの記憶を辿《たど》り、険阻《けんそ》な裏高野《うらこうや》の内八葉外八葉の山並みを越えて姥捨の郷に導いたのだ。

あの行動がなければ、ただ今の小梅村に場を移しての、直心影《じきしんかげ》流尚武館道場の旗揚げはなかった。

弥助の漕ぐ猪牙舟が両国橋を見ながら神田川に入っていった。

「若先生、おこん様、わっしは生涯独り身にございます。それがまあ御庭番《おにわばん》の宿命《さだめ》のようなものにございますでな、なんの不思議もございません。日光の大谷川の流れで霧子の身を摑《つか》んで以来、師弟の契りを結びました。近頃それが、わっしには弟子というよりも娘のように思えるのでございますよ。おかしゅうございますな、こんな話」

「いえ、弥助様、少しもおかしくはございません。私は近頃、霧子さんと利次郎さんが所帯を持ち、二人の暮らしの中に父親がいる光景を夢見るのです。その父親というのが弥助様なのでございますよ」

「そんな夢みたいなことが叶《かな》いましょうか」

と弥助が磐音を見た。

「夢というもの、諦《あきら》めなければ必ずや叶います」

磐音が言い切り、弥助が頷いた。

筋違橋御門前《すじかいばしごもん》、この界隈《かいわい》の住人が八辻原《やつじがはら》と呼ぶ広場の一角に面した若狭小浜藩の江戸藩邸では、すでに霧子の体が綿入《わたい》れに包まれて、玄関脇《わき》の供待ち部屋に寝かせられていた。そのかたわらには小梅村まで付き添うという桂川甫周国瑞が中川淳庵と何事か話し込んでいた。そして、内玄関前には利次郎と辰平の二人がすでに待機していた。

「おお、尚武館の先生が見えられましたぞ」

このところ霧子の見舞いにたびたび訪れる磐音とすっかり馴染みになった酒井家の門番が気付いて声を上げ、利次郎らが振り向いた。その気配に中川淳庵が内玄関に姿を見せた。

おこんは、猪牙舟から船宿川清《かわせい》の小吉《こきち》が船頭の屋根船に乗り移り、霧子が運ばれてくるのを待ち受けていた。そこには胴の間に布団が敷かれてあった。

「中川先生、長きにわたる霧子の治療介護、坂崎磐音、言葉に尽くせぬほど感謝しております。いずれ機会を見て、忠貫《ただつら》様に御礼を申し上げたいと思うております。そのような機会が得られましょうか」

「坂崎さん、殿は本日登城なさっておられます。お出かけの前に、『本日は尚武館の女門弟が診療所を去る日であったな』と気にかけておられました」

「忠貫様にもお気遣いいただき、恐縮至極にございます」

と磐音が挨拶《あいさつ》すると、

「坂崎さん、殿はな、尚武館が再興なったと聞いて、一度小梅村を訪ねたいものよと常日頃から申しておられた」

「ならば忠貫様のよき日をお聞かせいただければ、いつなりとも仕度してお待ちしております」

「一つ注文がありましてな」

「なんでございましょうな」

「奏者番《そうじゃばん》速水《はやみ》左近《さこん》様が小梅村を訪ねられる折りがよいなと洩《も》らしておられた」

「しかと承《うけたまわ》りました」

と磐音は即答していた。

若狭小浜藩は二代前の酒井忠用《ただもち》の藩主時代、寺社奉行、大坂城代、京都所司代と幕府の要職を歴任したが、次の忠與《ただよし》、当代の忠貫と幕府の役職から遠ざかっていた。さらに明和《めいわ》期から天明にかけて飢饉《ききん》が頻発し、一揆《いっき》や打ちこわしが起こり、藩の財政は逼迫《ひっぱく》していた。

そんなこともあり、忠貫は速水左近に猟官《りょうかん》を願いたいのか。それは速水が最も嫌うことだが、その判断は速水に任せて、小梅村で顔合わせの場を設ける役に徹すればよいと自らに言い聞かせたうえの即答だった。

その間に利次郎、辰平、弥助が内玄関から供待ち部屋の霧子のところに姿を消した。磐音は、

「御典医の桂川先生に小梅村まで同行していただけるとは、霧子も果報者にございます」

と友に礼を述べた。

霧子を背負った利次郎が内玄関に姿を見せ、かたわらに辰平と弥助が従っていた。

「若先生」

利次郎が磐音に言った。

「霧子はかようにに軽うございましたか」

「滋養のあるものを咀嚼《そしやく》して食べておらぬゆえ、致し方ない。しかし霧子さんは旺盛な生命力の持ち主でな、医師の私も桂川先生も驚いておるところよ。あとは正気さえ戻ればな、なんとでも手の打ちようがあるのだが」

淳庵は言ったが、磐音は事情を承知していた。

弥助が一日一度長い刻《とき》をかけて、雑賀衆の人々が飢饉の折りなどに食べる木の実に漢方薬を混ぜて乳鉢《にゅうばち》ですりつぶし、蜂蜜などを入れたものを食べさせていることを。

むろん淳庵と国瑞の許しを得てのことだ。

「利次郎どの、ただ今の霧子の体は軽うても致し方ない。小梅村に戻り、身内の声を聞いて本心が蘇《よみがえ》るとよいがな」

磐音の言葉を最後に、霧子を負《お》ぶった利次郎を真ん中にして、一同は淳庵と門番らに見送られて小浜藩邸の門を出た。

若狭小浜藩では霧子を乗り物で小梅村まで送ろうと申し出てくれたが、利次郎が磐音に、

「若先生、それがしが霧子を負ぶって小梅村まで帰りとうございます」

と懇願し、小浜藩邸から神田川までは利次郎の背で、その後は屋根船で小梅村に向かう手筈《てはず》が決まった。

利次郎は背に回した両手に霧子の温《ぬく》もりを感じながら、一歩一歩踏みしめるように歩いていく。

利次郎はなんとなく、小浜藩邸を出て外気にあたった霧子の体が微妙に変化し

たことを感じていた。だが、そのことを口には出さなかった。口にすれば幸が、運が逃げていくようで、黙したまま霧子に向かって語りかけた。

（霧子、いまいちど、この利次郎に声を聞かせてくれ）

背の霧子はなにも応《こた》えない。だが、利次郎は無言の会話をさらに続けた。

（重富利次郎の嫁は霧子、だれがなにを言うてもそなたじゃぞ、よいな）

（……）

（重富霧子、悪い名ではなかろう）

利次郎の胸にどこからともなく笑い声が響いた。

（勝手なことを）

（なにっ、霧子、それがしに話しかけたな）

と独り問答が続いたところで、

「利次郎、ここから足元が危ない。船着場まで下りることになるからな、気をつけていくのじゃ。なんなら代わろうか」

「大きなお世話じゃ。霧子はおれが最後まで負ぶっていく」

「人が親切に言っておれば」

と応じながらも辰平は、利次郎が霧子を背負って、なにかが変わったと思った。

霧子が矢尻《やじり》に塗布された毒に冒され、意識を失って以来、利次郎もまた元気を失《な》くしていた。あれほど話し好きだった利次郎が、このところ寡黙《かもく》になっていた。話しかけても聞いていないこともあった。

だがその一方で、道場に入ると、これまで以上に一心不乱に稽古に没頭し、稽古相手から、

「近頃の利次郎は、ほどというものを忘れておる。あいつと稽古するのは剣呑《けんのん》じゃ」

と敬遠されていた。だが、辰平だけは、

「利次郎、今の踏み込みは足りぬ。打ち込みが甘い」

とわざと焚《た》きつけて、利次郎の内心の不安を稽古で発散させようとした。そんな利次郎が今日は違って見えた。

(なにが起こったのか)

「霧子さん、よう辛抱なさいましたね」

屋根船からおこんが霧子を迎え、利次郎が屋根船に背を向けて腰を落とした。素早く辰平が屋根船に乗り込み、おこんと一緒に霧子の体を抱き留めると布団に寝かせ、体に綿入れを掛けた。

屋根船では小吉が火鉢を二つ用意して、胴の間を温めておいてくれた。

利次郎と国瑞も乗り込み、船頭の小吉が、

「若先生はどうなさいますな」

「弥助どのとともに猪牙で小梅村に戻ろう。小吉どの、先に出てくれぬか」

へえ、と磐音の命《めい》を承った小吉が舫《もや》い綱《づな》を外し、棹《さお》を差して船着場から屋根船を出した。

「若先生、わっしにまで気を遣っていただき、申し訳ございませんな」

猪牙舟を独り漕ぎ戻るつもりだった弥助が磐音を迎えた。

「弥助どの、いいものですね、仲間が大勢いるということは」

「いかにもさようでございますね」

霧子を乗せた屋根船の後を猪牙舟が従い、和泉橋《いずみばし》、新シ橋《あたらしばし》と潜り、柳原土手《やなぎわらどて》を見ながら、浅草御門に差しかかろうとした。すると橋の上に今津屋《いまづや》の内儀《ないぎ》のお佐《さ》紀《き》と老分《ろうぶん》番頭の由蔵《よしぞう》が立って、霧子の屋根船を迎えていた。

「霧子さん、元気になるのよ」

お佐紀が呼びかけると屋根船の障子が開いて、おこんと利次郎が顔を出して一礼した。

「坂崎様、必ず昔の霧子さんに戻りますよ。いや、一皮も二皮も剝《む》けたいい女になって皆さんのもとに戻ってきますよ」

由蔵が呼びかけ、磐音が大きく首肯《しゆこう》した。

二

小梅村の尚武館坂崎道場の船着場では、大勢の門弟や早苗《さなえ》に連れられた空也と睦月が霧子を出迎えていた。

門弟衆の中には、霧子が矢傷を負うきっかけになった福坂俊次やその折りともに槍傷を負った籐子慈助の姿もあった。さらには品川柳次郎《しながわりゆうじろう》と母親の幾代《いくよ》、地蔵《じぞう》蕎麦《そば》の竹蔵《たけぞう》親分の姿もあった。

だれもが無言で霧子の久しぶりの帰家を出迎えた。

屋根船の障子が左右に開け放たれ、利次郎が船着場に先に下り立ち、船に背を向けてしゃがんだ。おこんも下りて、辰平と国瑞が霧子を抱きかかえ、利次郎の背に負ぶわせる様子を見守った。そこへ弥助が船頭の猪牙舟も到着し、磐音が下りて舫い綱を杭《くい》に巻いた。

「利次郎、立つ折りに船の庇《ひさし》に気をつけよ」

「辰平、分かった」

と短く返事をした利次郎が、背の霧子を後ろに回した両手でしっかりと抱きとめ、しゃがんだ姿勢から一、二歩前進するとゆっくりと立ち上がった。

「空也、睦月、霧子さんが帰ってみえましたよ」

おこんは早苗に手を引かれた空也に言いかけた。空也は頷き、

「霧子ねえさん」

と呼びかけた。だが、睦月のほうはなにが起こっているか判然としない様子で、

「きゃっきゃ」

と母親のおこんを見て、喜びの声を洩らした。

大勢の人々に興奮したか、季助《きすけ》に引き綱を持たれた白山《はくさん》が、
うおおーん
と鳴いた。

霧子を負ぶった利次郎を神原辰之助《かんばらたつのすけ》ら門弟が取り囲むようにして、船着場から河岸道《かしみち》を一歩一歩上がった。

「よう無事で戻られました、霧子さんや」

老眼を瞬《しばた》かせた季助が迎え、利次郎が、

「霧子が、仲間が戻って参りました。霧子はこの小梅村で必ずや治ります、昔の霧子に蘇ります。これからも宜《よろ》しゅうお願い申します」

と挨拶し、一同が頷いた。

「霧子、聞こえるな。皆の声が」

と利次郎が応じるところに、
ぱち、ぱち、ぱち
とゆったりとした間の拍手が起こった。

だれが、と見ると安藤《あんどう》家のお仕着せの半纏《はんてん》を着た武左衛門《ぶざえもん》が場違いな拍手をしていた。だが、その顔にふざけた様子は一切なく、歯を噛《か》みしめて、霧子の耳に届くようにと、まるで柏手《かしわで》でも打つかの如《ごと》く一拍一拍丁寧《ていねい》に叩《たた》いていた。

「父上」

狼狽《ろうばい》した早苗が呼びかけたが、武左衛門にやめる様子はない。

「霧子、聞こえるな。武左衛門様の出迎えじゃぞ」

武左衛門に向かって一礼した利次郎が背の霧子に言いかけた。するとだれからともなく武左衛門のそれに和する拍手が起こって、それがだんだんと大きくなり小梅村を揺るがすように響いた。

その瞬間、利次郎は背の霧子が微《かす》かに動いたような感じを持った。だが、これも口にはしなかった。ただ、尚武館の門に向かって歩いていった。

霧子はふだん、早苗とともに小梅村の今津屋御寮の母屋《おもや》で暮らしていた。霧子を引き取るにあたり、おこんは、霧子をふだんどおり母屋の座敷で療養させようと仕度を整えていた。だが、利次郎が、

「おこん様、できることとなれば、尚武館の長屋で療養してはいけませぬか。道場の稽古の気配や白山の吠《ほ》え声が響いている長屋のほうが、霧子は気楽に療養できるような気がします。いえ、決して母屋を敬遠しているわけではございません」

「霧子さんは女子《おなご》です。男ばかりの長屋では介護もできぬこともございましょう」

おこんがさらに言ったが、早苗が、

「おこん様、利次郎様の気持ち、よく分かります。夜は私が霧子さんのかたわらに寝泊まりします。それではいけませぬか」

利次郎の気持ちを忖度《そんたく》した早苗が言い、おこんが磐音に最後の決断を仰いだ。

「利次郎どのと早苗どのの気持ちを大事にいたせ。足りぬところはおこん、そな

たが助けてな、一刻も早い回復を待とう」

磐音の言葉で長屋での療養が決まったのだ。

利次郎の言葉を聞いた品川幾代が、

「柳次郎、私は二日に一度、霧子さんの介護に尚武館の長屋に寝泊まりします。宜しいですね」

と言い出し、柳次郎が、

「母上が手伝いに参られるのは宜しいが、尚武館には大勢の門弟衆がおられます。却《かえ》って迷惑ではございませぬか」

と応じたものだ。

「いくら門弟衆がおられるといっても、男ばかりでは役に立ちますまい。おこん様と早苗さんだけでは手が足りませぬ。北割下水《きたわりげすい》の婆《ばば》が出張《でば》ります」

「うちは母上が一日置きに不在なのは大変結構なことですがね」

柳次郎が言い負かされた格好で認め、こうして手伝いが一人増えた。この話を聞いたおこんは、

「幾代様、有難うございます」

と素直に受けた。

かくて尚武館道場の、朝早くから槍折《やりお》れが振り回される音や門弟衆の弾む息遣い、竹刀《しない》で打ち合う音が響く長屋の一室で、霧子の療養が始まることになったのだ。

霧子が療養することになった長屋の一室は手早く片付けられ、幾代が山茶花《さざんか》の花を一輪、部屋の片隅に飾って出迎えてくれた。

長屋に霧子の体が運ばれ、幾代とおこんが左右から抱きとって寝床に寝かせた。その部屋の障子を開けると、小田平助《おだへいすけ》が槍折れの指導をする庭越しに尚武館道場が見えた。

「利次郎どの、ご苦労でしたね。これからは幾代も霧子さんのかたわらで寝泊まりしますで、もう大丈夫ですよ。必ず昔の霧子さんに戻してみせますからね」

幾代が言うところに桂川国瑞が薬箱を自ら提《さ》げて、

「利次郎どの、ご苦労でございました。脈を診《み》てみましょうか」

と診察をしてくれることになった。

利次郎は土間に下がり、霧子に背を向け、診察が終わるのを待った。

「おお、なにやら中川淳庵先生の診療所におられるときより脈が力強く感じられますな。利次郎どのの温もりを感じて元気になられたようです」

との言葉に、

「先生、やっぱりそうですか。それがしが背に負ぶったときから、霧子はなにが起こっているのか分かっているようで、必死に体を動かそうとしてなにか訴えかけてきたのです」

「そうでしたか。よい兆候であればよいがな」

「桂川先生、霧子は必ず回復します」

利次郎が自らの言葉に大きく頷いて長屋を出た。

霧子を出迎えた門弟たちは道場に設けられた、いささか早手回しの快気祝いの席に移動していた。道場の真ん中に四斗樽《しとだる》が置かれ、庭では新入りの門弟たち自らがするめを火で炙《あぶ》っていた。その中には福坂俊次の姿もあった。

ただ今は豊後関前藩六万石の跡継ぎだが、豊後日出《ひじ》藩の木下《きのした》家分家、立石《たていし》領五千石の領主の弟だ。養子の口がかからなければ生涯部屋住みの身だ。そんな育ちゆえ、尚武館に入門しても一新入りとして弁《わきま》え、行動していた。

霧子の更なる回復を願う宴の長役《おさやく》は小田平助だ。

「ささっ、霧子さんにくさ、元気な声を届けますばい。なあにちいとたい、長か眠りばしとんなさると。ひょっとするとたい、快気祝いの賑《にぎ》わいに眼を覚ますかもしれんもん」

とその場の者に趣旨を説明した。

「平助爺さん、なかなかの趣向ではないか。世の中、これでのうてはいかぬ。酒なくてなんの己が桜かな、であったかな。先人もかように申しておられる。平助爺さん、頂戴《ちょうだい》しよう」

まず最初に武左衛門が手を出し、

「早苗さんがこの場におらぬからというて、ほどほどにな」

と柳次郎が小声で注意した。

「柳次郎、嫁がきて、子までできたせいか、近頃なにやら収まっておるではないか。懐《ふところ》にちゃらちゃらと一文銭の音を響かせていた頃は、ともに一つ茶碗《ちゃわん》で飲み合《お》うたではないか。それがなんじゃ、わしに説教なんぞ垂れおって」

「旦那《だんな》、そう昔仲間に突っかかるものではないぞ。まあ、武左衛門の旦那も元気が出たようでなによりじゃ」

「どういうことか、わしはずっと元気じゃ。霧子と違《ちご》うて、わしはどこも悪うはないわ」

「当人がそう申すならばそうであろう」

といささか柳次郎が武左衛門を持て余した。すると、

「そうではないか、尚武館の若先生」

と武左衛門の矛先《ほこさき》が磐音に向けられた。

「武左衛門どの、最前の拍手は胸に深く響きました。必ずや霧子に届いております。坂崎磐音、礼を申します」

と磐音が一礼すると、

「さすがに一軍を率いる者は分かっておる。柳次郎、そなたは貧乏御家人の器のまんまじゃ」

「うちが貧乏御家人であることに間違いはございません。改めて広言されることでもございますまい」

幾代が長屋から姿を見せて武左衛門に言った。

「ありゃ、子の問答に母親が出てきおったか。武左衛門、形勢悪し。いや、幾代様、わしがな、世の理《ことわり》を倅《せがれ》どのに諭しておるところでござるよ」

「武左衛門様から世の理を教え諭されるようでは、うちの倅の品川柳次郎も落ち目、出世は望めませぬな」

「幾代様、出世じゃと、無理無理無理、諦めなされ。ともあれ倅どのは嫁なんぞもろ

うて近頃付き合いが悪うござるぞ」

幾代に反撃されても、今日の武左衛門は一向に応えるふうはない。

「なにやらたい、武左衛門さんから爺さんと言われるとたい、むかっ腹が立つばい。どげんしたことやろか」

平助も言葉とは裏腹ににこやかに笑った。

竹村《たけむら》家も嫡男《ちゃくなん》の修太郎《しゅうたろう》が近頃下谷《したや》広小路《ひろこうじ》界隈の悪仲間に加わり、屋敷に寄りつかず、そのことを父親として気にかけていた。だが、数日前から修太郎が安藤家の長屋に戻っていると、早苗が磐音やおこんに知らせていた。そのこともあって武左衛門も元気を取り戻したようだ。

柳次郎も磐音もしょんぼりしている武左衛門より空威張《からいば》りの武左衛門が好きだった。それだけにいささかなりとも元気になった仲間を見て、ほっとしたのだ。

「父上、本日は霧子さんの快気を願う催しです。酒は許します、ただし二杯までです。ご一統様、父の見張りを願います」

長屋の障子が開かれ、庭越しに早苗が父親に釘《くぎ》を刺し、一同に願った。

「早苗さん、この幾代が睨《にら》みを利《き》かせておりますよ」

「これだ。近頃、娘まで母親そっくりに小言をぬかしおる。困ったものよ」

武左衛門が嬉《うれ》しそうに茶碗酒をくいっと飲んだ。

「相変わらず尚武館には多彩な人士が集うておられますな」

と言いながら診察を終えた桂川甫周国瑞が姿を見せた。

「桂川先生の付き添いもあって無事霧子が小梅村に戻ることができました。真に有難うございました」

利次郎が茶碗酒を国瑞に差し出した。

「これは恐縮。霧子さんも移動が体に応えるかと思うたが、反対に元気になったようだ」

「この分では数日後にも正気を取り戻しますか」

「利次郎どの、そう容易ではあるまい。じゃが、そうあることを医者の私も強く望んでおります」

国瑞が応じて酒に口を付けた。

霧子の帰宅を祝っての宴は当人の出席なしに一刻（二時間）ほど続いた。茶碗酒に口を付けただけの利次郎に、

「なんじゃ、そなたも体の調子がおかしいか。霧子を思う心情、分からぬわけではないがな、気を抜くことも時には大事じゃぞ。なに、そうではない、飲みたく

ないのか。ならばわしが頂戴しよう」

と伸ばされた無骨な手の甲がぴしゃりと叩かれた。

「酒は二杯まで。娘御の命《めい》にございますぞ」

武左衛門が驚いて振り向くと、怖い顔をした幾代が睨んでいた。

「幾代様、それがし、未だ一杯目をようよう飲み終えたところ。利次郎の分で二杯目にございましてな」

「この幾代の眼は誤魔化されませぬぞ。そなた、すでに三杯は飲んでおられる」

「しゃあっ、なんでもご存じじゃ。幾代様はわしの鬼門かのう」

武左衛門が肩を落とした。

「坂崎先生」

若い声がして磐音が振り向くと、

「大変馳走《ちそう》になりました。本日はこれにて失礼いたします」

と挨拶した俊次が、

「霧子さんの怪我《けが》はそれがしを助けようとしてのもの、申し訳ないと己を責めております。なんとしても一刻も早い回復をと、この俊次、朝に夕に神仏に祈願しております」

「俊次どの、そなた様方が襲われたそもそもの因《もと》は、当尚武館と坂崎磐音に遺恨《いこん》を持つ、とある流派の企《たくら》みにござる。俊次どのが過剰に責めを感じられる要はございません。それがしは必ずや霧子が正気を取り戻してくれることを信じております」

はい、と素直に返事をした俊次を、関前藩の籐子慈助や本立耶之助《ほんたてやのすけ》らが待ち受けていた。

「慈助どの、本日は船じゃな」

「はい」

「ならば桂川甫周先生を一緒にお乗せしていただけぬか。先生もそうそう駒井小路を留守にするわけにはまいりますまい」

磐音が願うと、利次郎が、

「若先生、桂川先生はそれがしが送って参る所存にございます。ゆえに酒も慎んでおりました」

と言い出した。

「そなたの様子、察しておった。じゃが、本日は霧子のかたわらにいてな、留守の間の尚武館の出来事などを話してやりなされ」

「霧子のいない尚武館でなにが起こっておったか、思い出せませぬ」

「ならば、利次郎、そなたの気持ちを伝えればよかろう」

と師範の依田鐘四郎《よだかねしろう》が言い添えた。

「師範、霧子の耳に届きますか」

「利次郎、霧子の耳ではない。胸の奥に届くように話すのじゃ」

と日頃の鐘四郎とは思えぬ口調で言い、利次郎が頷いた。

そんなわけで豊後関前藩の船に御典医桂川甫周国瑞が同乗し、神田川へと向かった。そして、その船に尚武館の猪牙舟が従った。

船頭は辰平で同乗者は弥助だ。

弥助も辰平も磐音に命じられたわけではない。霧子に尽くしてくれた国瑞を見送るつもりで俊次の船に従ったのだ。

道場では住み込みの門弟衆が後片付けをしながら、ちらりちらりと霧子が寝かされている長屋を見た。

霧子の枕辺に幾代と柳次郎母子と利次郎があって、

「利次郎どの、霧子さんの手を握ってあげなされ。人というものは計り知れない力を秘めておるものです。そなたの気持ちが肌の温もりを通して霧子さんに伝わりますでな」

　と幾代に言われた利次郎が、

「宜しいのですか」

「そなたが握らずにだれが握ります。この幾代が命じます」

　かさねて言われた利次郎が両手で霧子の右手をそっと包み込んだ。するとなにか霧子の中でぴくりと動いた感じがした。

「それで宜しい。明晩はこのお婆が泊まり込みますでな。なあに、うちの嫁が子を産むにはだいぶ間がありますす」

「えっ、母上、なぜそのようなことを」

　と柳次郎が愕然《がくぜん》として母親を見た。

「承知かと尋ねますか、柳次郎。お有《ゆう》さんがな、このところ再三吐き気を催すのを知らいでか。あれは二番目の懐妊による悪阻《つわり》です」

「本日、お有はおいちを連れて医者に診断を受けに行っております」

　おいちとは柳次郎とお有の最初の子だ。

「こたびは品川家に跡継ぎが誕生します。母の眼はたしかです」

　と言い切った幾代が、

「さて、この場は利次郎さんにお任せして北割下水に戻りますぞ。うちでも内祝いをせねばなりますまい」

と霧子の枕辺から立ち上がった。

この夜、磐音とおこんは、空也と睦月の寝顔を見ていた。

「霧子さんは必ず元気になりますね」

「案ずるな。利次郎どのをはじめ、これだけ多くの方々が願うておられるのだ。その想いが霧子に伝わらぬはずはなかろう」

「そうでございました」

「霧子は回復する、あの元気な霧子が近々蘇る」

磐音は自らに力強く言い聞かせた。

そんな刻限、早苗の見守る中で利次郎が霧子の手を摩《さす》り続けていた。

三

磐音はいつもより半刻《はんとき》（一時間）ほど早く起きた。

師走の八つ半（午前三時）は真っ暗だった。

磐音は、昨夜のうちに刀簞笥《かただんす》から出し、神棚に奉じていた山城国刀鍛冶国永《やましろのくにかたなかじくになが》が鍛えた一剣、通称五条《ごじょう》国永を手に取ると、静かに庭に出た。

国永は神保小路の佐々木《ささき》道場が大改築した折り、地中から発見された甕《かめ》の中に眠っていた、平安時代末期に国永が鍛造した古剣だった。

国永とともに短刀も見つかっていたが、こちらは未だ本所吉岡町《ほんじょよしおかちょう》の御家人にして研《と》ぎの名人鵜飼百助《うかいももすけ》のもとにあって、手入れが行われていた。この短刀だが、将軍家のお抱え刀鍛冶康継《やすつぐ》の作で、初代は美濃《みの》国関《せき》派の系譜を引く刀工であった。

驚くべきことに、家康から「康」の文字を下賜《かし》された康継の短刀には、なんと葵の御紋が刻まれていた。さらに、

「三河国佐々木国為代々用命　家康」

の言葉も添えられていた。

葵の御紋と銘は明らかに佐々木家が徳川家となんらかの深い関わりがあることを示していた。だが、養父にして師の佐々木玲圓《れいえん》はそのことを磐音に伝えることなく自死した。玲圓も知らなかったということは、想像するに佐々木家の先祖が急死した折りに継嗣《けいし》に伝えられなかったことを意味していないか。

家康から拝領した康継に刻まれた銘の秘密を知るのは磐音と鵜飼百助だけだっ

た。ともあれ、国永と康継は佐々木道場の護《まも》り刀であったはずだ。それが今や小梅村の尚武館坂崎道場に引き継がれていた。

母屋の庭に出た磐音を師走の寒気が包んだ。

稽古着一枚の体を一瞬にして、ぴりりと引き締める寒さだった。

磐音は国永を尚武館佐々木道場があった方角に奉じると、腰に差した。

次いで、霧子が眠る尚武館坂崎道場の長屋に体を向けた。

(霧子、本日より三七《さんしち》二十一日の直心影流奥義、法定四本之形《ほうじょうしほんのかた》をそなたに捧げる。受け止めよ)

一の形、八相《はっそう》。

抜き放った国永を一円相《いちえんそう》に象《かたど》り、日輪が昇るが如くにして足を左、右と一歩ずつ下げた。

一円相とは、正眼《せいがん》に付けた国永の柄《つか》から左手を離し、その左手の親指と人差し指を軽く伸ばして、残った三指は生卵を握るが如くに軽く閉じて国永の鎺《はばき》に添え、両手を頭上へ高く差し上げて、左から右へと朝日が昇るように大らかに半円を描く仕草だ。

この構えに始まり、一の形を丁寧になぞって、

「やーあ、えーい」

と肚《はら》の底から気合いを発しつつ、右足を踏み出しながら磐音は、虚空《こくう》を両断するように打ち込んだ。打ち込みつつも、意識を失ったままの霧子を覚醒させようと神経を集中して思念を送り、ゆったりと一の形を奉献した。

一の形が終わる頃、磐音の稽古着から湯気が立ち昇ってきた。

二の形は一刀両断。

磐音は霧子に向き合い、精魂込めて直心影流の奥義をひたすら献じた。

三の形は右転左転、四の形は長短一味。

今は亡き佐々木玲圓直伝の法定四本之形をし終えても、東の空は未だ暗かった。

汗びっしょりの体を持参した手拭《てぬぐ》いで拭《ぬぐ》った。呼吸はすでに平静に戻っていた。

磐音は何事もなかったかのように庭を突っ切り、落葉した林と竹林を抜けて尚武館道場に辿り着いた。すると小田平助が庭の井戸端で道場の神棚の榊《さかき》の水を替えていた。

「若先生、お早うございますたい」

「平助どの、霧子に変わりはなかろうな」

「早苗さんがかたわらに寝たげな。小梅村に戻って安心したとやろね。静かに寝とると利次郎さんも言うとったばい」

平助の言葉に磐音はただ頷き、道場に入った。

灯《あか》りを灯《とも》して道場の乾拭《からぶ》きが行われていた。

季節は師走、夜明けが遅い。

通いの門弟はこの刻限に来るのは無理だった。そこで通いの門弟とともに行う槍折れの稽古は後回しにして、住み込み門弟だけで道場で打ち込み稽古をすることにしていた。

「利次郎どの、相手を」

と磐音が命じ、はっ、と利次郎が受けた。霧子が意識を失って以来、利次郎の口数は減っていったが、動作は機敏だった。

木刀を構え合っての稽古に入った。

師も弟子もすべてを知り合った仲だ。傍《はた》から見れば火の出るような打ち合いだが、磐音は利次郎の全身全霊を込めた打ち込みを正面から受け、弾《はじ》き返し、時に攻守所を変えて攻めに転じ、また受けに戻っての淀みない稽古を続けた。すると
いつしか夜が白々と明けてきた。

通いの門弟たちも姿を見せ始めていた。

「平助どの、槍折れに移りましょうか」

磐音の言葉に、

「ほんならくさ、全員庭に移動するばい」

と磐音の命を伝えた。

住み込み門弟たちが機敏に自分の槍折れを持って、庭に飛び出していく。通い門弟も加わってきた。

「お早うございます」

と指導方の平助が改めて挨拶し、

「霧子さんがくさ、長屋で寝とることは言わんでも分かっとろう。霧子さんが一刻も早う、眼ば覚ますごと、気合いを入れて稽古ばしますばい」

と一言注意し、霧子の長屋に向かって整列させた平助が、

「霧子さん、よう聞いてくれんね。だいもがくさ、待っちょるもんね」

と格子窓《こうし》に言いかけると、

「槍折れ、構え！」

と命を発した。

住み込み門弟と通いの弟子が混在しての稽古だ。さらに稽古の途中で駆け付け

た門弟たちが急いで着替えを終えて加わった。

入門したての門弟は途中で動きについていけず、庭の隅に退いて、己の力量に合わせての独り稽古をなした。だが、入門して三月《みつき》もすると、尚武館道場の稽古の一環として始めた小田平助指導の槍折れの稽古についていけるようになった。

ただ一人、小田平助指導の稽古についてこられなかったのは竹村家の嫡男の修太郎だ。

槍折れの稽古を見ながら季助が、がんがんと熾《おこ》した炭火に五徳《ごとく》を置いて大鉄瓶で湯を沸かしていた。

「やめ！」

の声が平助からかかり、全員が汗みどろになって整列し、呼吸を整えた。

「霧子さん、見たな。気合いが入っとろうもん。早う眼ば覚ましてくれんね、一緒に飛び回らんね」

平助が声をかけ、槍折れの稽古が終わった。

だが、尚武館の稽古はこれからが本式だ。

季助の沸かした白湯《さゆ》で喉《のど》を潤した門弟たちは井戸端で足を洗い、道場に移る。

そして、神棚に向かって座禅を組み、しばし瞑想《めいそう》して気持ちを鎮めた。

いつの間にか見所《けんぞ》に速水左近の姿があった。

瞑想を終えた磐音が、倅の杢之助《もくのすけ》、右近《うこん》の稽古に従ってきたらしい速水に黙礼した。

「明日が紀伊藩の稽古日であったな。ゆえに本日、倅どもに同道して参った」

と理由を述べ、

「霧子が戻ってきたそうじゃな」

「長屋に寝ております」

「回復の気配はないか」

「甫周先生も小梅村に戻って脈が強くなったと言うておられます。日にちはしばらくかかると思いますが、必ずや正気を取り戻します」

と答えながら磐音は酒井忠貫の願いを思い出していた。

「若狭小浜藩の酒井忠貫様がわが道場を見学なさりたいとのこと。その折り、速水左近様にも会いたいとの仰せでございます」

「ほう、酒井忠貫様がな。剣術の見物に遠慮が要《い》ろうか」

と奏者番の速水左近がそう返事をして、了承した。

酒井忠貫は十万三千五百石の譜代《ふだい》大名だ。

それに比べ速水は直参《じきさん》旗本だが、家治の御側御用取次《おそばごようとりつぎ》という側近を務めて、幕閣にその人ありと知られていた。だが、急速に台頭してきた田沼意次の意向によって甲府勤番という名の山流しの憂き目に遭《あ》っていた。

磐音らの江戸帰着のあとに速水左近も江戸に呼び戻され、奏者番に就《つ》いていた。この職には近頃まで田沼意知がいたが、父の威を借る意知は嫌われ、奏者番の間でも速水左近に心服する者が増えていた。そんな最中、意知は早々に若年寄に出世した。だれもが考えるとおりの、老中の父親が強引な手立てを弄《ろう》した結果の昇進だった。

「年明け、速水様が小梅村においでの節に酒井様をお招きいたします」

と念を入れた磐音は、稽古の指導に戻った。

この日の稽古が終わる刻限、尚武館の門から早苗の弟の市造《いちぞう》が駆け込んできて、

「早苗姉ちゃん」

と庭で大声を張り上げた。長屋の格子戸が開き、

「なんですね、大きな声を上げて」

と早苗が注意した。

「変な連中が修太郎兄ちゃんを呼びに来てるんだよ」

市造の言葉を聞いた季助が道場に視線を向けた。すると利次郎が気付いたと見えて、

「若先生、下谷広小路の連中が修太郎どのを連れ戻しに来ておるようですが、武左衛門様一人で応対できましょうか」

と磐音に伺いを立てた。

「安藤家の門前を騒がしてもならぬな」

「それがしが参ります」

「利次郎、おれも同道しよう」

辰平がすぐに応じ、他の数人が同道する気配を見せた。

「大勢駆け付けても却ってはた迷惑、ここは利次郎どのと辰平どのの二人にお願いいたす」

磐音が利次郎と辰平に許しを与え、即刻二人が稽古着姿のまま稽古用の木刀を手に道場から長屋に向かい、格子窓越しに話し合う早苗と市造に、

「早苗さん、事情はおよそ察した。われらが弟に同道しよう」

と利次郎が言いかけた。

「利次郎様、辰平様、申し訳ございません」

「なんのことがあろうか。われら坂崎一家にござる。早苗さんには霧子の面倒を見てもろうておる。これくらいお返しせぬとな」

と真面目《まじめ》な顔で応じた利次郎が、

「市造、急ぎ安藤家下屋敷に戻るぞ」

と門から飛び出すのへ辰平と市造が続いて、白山はなにが起こったかと、
わんわん
と吠えた。

陸奥磐城平《むついわきたいら》藩五万石の安藤家下屋敷は尚武館とは近間の小梅村内にあり、利次郎らは瞬く間に駆け付けた。すると門前で派手な形《なり》をした若侍たちが武左衛門と睨み合っていた。

武左衛門の後ろでは修太郎がうなだれていた。

どうやら仲間にいったん捕まって殴る蹴るの乱暴を受けた様子で、口の端から血を流していた。

武左衛門の手には中間《ちゅうげん》が差すことを許された鍔《つば》、胴金物、鐺《こじり》を飾りにした木刀があって、黒門町《くろもんちょう》若衆組なる御家人の次男、三男坊の部屋住みの面々と険しい形《ぎょう》

相《そう》で対峙《たいじ》していた。

「修太郎とはすでに話し合うておる。そなたらのもとには戻らぬと言うておるのじゃ。こちらは大名家の下屋敷、閑静な場所を騒がしてもならぬ。本日は大人しく戻れ」

「おい、親父さんよ、おれたちがわざわざ下谷黒門町から修公を連れ戻しに来たには、それなりの理由があるんだよ。修公め、仲間の女と懇《ねんご》ろになりやがって、義理を欠いたことをしてくれてよ、逃げ出しやがったんだ。この始末はちゃんとつけてもらわないと、おれたちの体面にも関わることだ」

「だから、そのような話があるならば、その女子を連れて参れ」

「分からねえ野郎だな。修公の指の一つや二つ、詰めてもらって詫《わ》びるのが先だ。なんなら、この門前でやってやろうか。それでけりをつけようじゃないか」

と兄貴株が刀の柄に手をかけた。

「父上、利次郎さんと辰平さんが来てくれました」

市造が声を張り上げると、

「おおっ、遅かったではないか。なに、若先生の出馬はなしか」

とどことなくがっかりした武左衛門の返事だった。

「武左衛門様、こんな連中相手に若先生がお出ましになるわけもござらぬ。辰平も要らぬくらいでございます」

利次郎が武左衛門と黒門町若衆組の間に立った。

「おまえがやりかけの長谷部《はせべ》源太《げんた》なる馬鹿者か」

利次郎が武左衛門と掛け合っていた兄貴株を見た。

「てめえ、何者だ」

「竹村修太郎は、できが悪いが直心影流尚武館坂崎道場の門弟でな。かような乱暴を見逃すわけにはいかぬのだ。どうだ、親父様も言われるように本日は大人しく戻らぬか」

尚武館坂崎道場と聞いて黒門町若衆組の面々の中には尻込みする者もいた。

「おれたちを甘く見るのか」

「そなた、過日、わが道場の女門弟霧子に、下谷広小路の人込みで頬を張られたそうだな。そのような手合いを甘く見てはいかぬか」

「そうだ、霧子って女、矢傷を負って生きるか死ぬかの瀬戸際だってな。ざまあみやがれ」

と源太が刀を抜いた。

「その雑言《ぞうごん》、聞き捨てならぬ」

利次郎の声音が変わった。

三人が源太に倣《なら》って刀を抜いた。残りの四、五人は刀の柄に手をかけたまま迷っていた。

「てめえら、町道場の弟子二人にびびったか」

「尚武館といえば先の西の丸家基様の剣術指南の道場だぞ、源太様よ」

「馬鹿野郎、神保小路の道場を取り潰されて田舎《いなか》回りをしたあげく、小梅村なんぞにようやく看板を掛け直した道場だ、なにほどのことがある」

と仲間の手前、意気がった源太が、

「許さねえ、押し包んで叩っ斬《き》れ」

と命じて、右手一本に保持した刀を利次郎に突き出した。だが、刀を抜いた仲間はそれ以上、利次郎に詰め寄る気配もない。

「ああ、そのような構えではうちの新入り門弟にも敵《かな》うまいな。やめておけ」

辰平は利次郎の後ろに離れて、木刀を構えようともしていなかった。

「辰平、手伝う気もないのか」

「ないない。さっきの悪態の一件もある。そなた一人で十分であろう。ただし、大怪我は負わせるでないぞ」

「相分かった」

　利次郎が木刀を構え直した。

　六尺を優に超え、尚武館坂崎道場の連日の猛稽古に鍛え上げられた利次郎の構えだ、堂々としていた。

「おお、近頃かなり上達したようだな、重富利次郎よ。昔のでぶ軍鶏《しやも》の面影は何処《いず》なりや」

　と援軍を得て安心したか、武左衛門がのんびりとした声を上げ、安藤家の下屋敷の奉公人や門番たちも最前まで関わりにならぬように隠れていたが、こんどは姿を見せて見物に回った。その上、

「尚武館の衆、そういう手合いはしっかりと懲《こ》らしめておいたほうが今後のためですぞ。手足の一、二本叩き折ってもいいと思うがな、どうだ、ご同輩」

「よいよい、世のため人のためですぞ」

　と勝手なことを言い合った。

「源太を残して他の連中は引き上げぬか。形勢が悪うなったぞ」

「てめえら、これほど小馬鹿にされて引き下がるというのか。木刀がそれほど怖

いか。てめえら、おれたちは黒門町若衆組だぞ。好き放題に暴れて、こやつを叩きのめせ」
と叫んだ源太が、利次郎に突進し、振り上げた刃を肩口に叩きつけた。全く道場稽古をしたことのない、いい加減剣法だ。
利次郎が不動のままに引き付けて、迅速極まりない動きで、
がつん
と木刀で首筋を一撃した。
衝撃に源太の鎖骨が折れる音が、
ぎゃあああっ
という絶叫と重なり、その場に崩れ落ちるとあまりの痛みに転がり回った。ために いよいよ痛みが増した。
一瞬の早業に仲間たちは茫然自失《ぼうぜんじしつ》して言葉を失い、立ち竦《すく》んでいた。
「どうする、源太の敵《かたき》を討つ者はおらぬのか」
利次郎の言葉に全員が首を横に振った。
「ならば早々にこの者を川向こうに連れ戻り、医者のもとに連れていけ。刀どころか箸《はし》も持てぬようになるぞ。相分かったたか」

がくがくと頷いた一同が刀を鞘《さや》に納め、右肩を左手で抱え込むように倒れ込んだ長谷部源太を抱きかかえると、利次郎に一礼し、立ち退《の》こうとした。

「今後、修太郎に手を出さば、この程度のことでは済まぬと思え」

最後に利次郎が脅《おど》しを利かせると、黒門町若衆組がまた頷き合い、小梅村の安藤家門前から消えた。それを見送っていた利次郎の木刀の先端がぐるりと修太郎に向けられ、

「修太郎、そなた、いつまで馬鹿げたことを繰り返すつもりか」

と険しい顔で睨んだ。すると修太郎が、ぶるっと体を震わせた。

四

小さな騒ぎから数日後の朝、尚武館坂崎道場に修太郎が独りでふらりとやってきた。むろん稽古の最中であった。庭先に立った修太郎に最初に気付いたのは季助だった。

この日、磐音は紀伊藩江戸屋敷の剣術指南の日で松平辰平を従えて小梅村を留守にしていた。ために尚武館の稽古は師範の依田鐘四郎、小田平助が中心になっ

て行われていた。

「おや、稽古に来たかね。若先生は留守だがね」

季助の問いに修太郎はただ顔を横に振っただけで、では、なにしに来た、という更なる質問にも曖昧《あいまい》に頷いただけだった。そこへ姉の早苗が霧子の寝ている長屋から姿を見せ、庭先にいる弟に気付いて問うた。

「修太郎、なんぞ用事ですか」

早苗は桶《おけ》を手にしていたが、井戸に水を汲《く》みに来たのだった。湯を沸かし、霧子の体を拭《ふ》いてやろうと思ってのことだ。

「家にいても母上も父上も煩《うるさ》い」

「当たり前です。一家が世話になっている安藤様の下屋敷で、あのような騒ぎを起こしたのです」

早苗の言い方はいつもと違い、弟を庇《かば》う気などさらさらない、突き放した物言いだった。

「尚武館になにしに来たのです」

「なにも」

「なにもですと、迷惑です」

と言い放った姉の手から桶を奪い取ると、修太郎は井戸端に向かった。

「早苗さんや、しばらく弟の好きなようにさせておきなせえ」

「あのような弟が情けないのです」

「武左衛門さんやおっ母さんにぐずぐず言われ、居場所がないんでさ」

「だからといってここに来られても迷惑です」

「そう言わず、口下手の修太郎さんが出かけてきただけでも大したことだ。当分好きにさせてみてはどうだね」

季助の言葉に早苗は従い、様子を見ることにした。すると水汲みから戻ってきた修太郎は早苗に、

「なにかすることはないか」

と尋ねた。

「季助さんのところで湯を沸かしなさい」

「うん」

と返事をした修太郎が素直に従った。

過日の詫びに尚武館の手伝いをする心積もりのようだった。

湯を沸かしたあと、季助の門番小屋の小さな囲炉裏《いろり》に焼《く》べる薪《まき》を割り、白山に

散歩をさせ、尚武館の庭掃除をし、なんでも雑用をこなした。

稽古の合間に利次郎らが、

「なんだ、来ておるのに稽古はせぬのか」

「利次郎さん、剣術は向かん」

「人には向き不向きがあるゆえな。早く見切りをつけるのも才の一つやもしれぬ」

師範の依田鐘四郎が言った。修太郎に剣術への情熱がないことを鐘四郎はすでに見抜いていた。

「依田師範、ならば修太郎はなにをなすべきでしょうか」

「それは当人が決めるしかあるまい」

そんな会話を修太郎は黙って聞いていた。

この日の昼下がり、辰平が船頭方を務める猪牙舟が磐音を乗せて小梅村に戻ってきた。

紀伊藩では、先の西の丸家基の剣術指南を務めていた坂崎磐音を迎えるにあたり、送り迎えに乗り物を用意すると申し出ていた。だが、磐音はそれを断った。

小梅村から紀伊藩紀尾井坂《きおいざか》の江戸藩邸の道場まで大川から神田川を遡《さかのぼ》り、外堀に出て、牛込《うしごめ》御門、市谷《いちがや》御門を経て四谷《よつや》御門下に舟を舫う。そのあと、徒歩にて尾張《おわり》中納言家の拝領屋敷の塀沿いをぐるりと回って、表門から藩道場へと向かった。

駕籠《かご》のような乗り物より、同行する辰平や利次郎らが漕ぐ猪牙舟のほうがはるかに早いし、また気持ちもよかった。

紀伊藩での剣術指南を終えた磐音が小梅村の尚武館の船着場に着くと、

「お帰りなさいませ」

と修太郎が口の中でもごもごと出迎えた。

「修太郎、舫い綱を頼む」

と辰平が願うと杭に器用に巻きつけた。

磐音は、修太郎の腰に脇差《わきざし》一本すらないことに気付いていた。

母屋に入っておこんに尋ねると、修太郎がこの日、あれこれと早苗や季助の手伝いをしていることを告げた。

「早苗さんは、あれでも過日の詫びのつもりです、迷惑でしょうがやらせてくださいと私に願ってきました。おまえ様、しばらく様子を見てはいかがでございましょう。独りでやらせておけば思いの外《ほか》、丁寧にこなしております」

「人には向き不向きがあるでな」

磐音も鐘四郎と同じ言葉を口にした。

修太郎の尚武館通いは四日五日と続いて、なんとなく季助の手伝いが板についてきた。

そんな日、朝稽古の指導を終えた磐音が、

「修太郎どの、猪牙は漕げるか」

と尋ねた。すると黙って頷いた。

「ならば四半刻《しはんとき》（三十分）後に出かける。供をせよ」

と修太郎に命じた。

磐音は行き先を告げず、朝餉と昼餉を兼ねた食事もとらずに修太郎を船頭方にして大川を左岸沿いに下った。

両国橋《りょうごくばし》を越えたところで修太郎に命じ、猪牙舟を竪川《たてかわ》に入れさせた。

大川を下る間、修太郎は緊張していたが、竪川に舟を入れて安堵《あんど》の表情を見せた。長いこと南割下水《みなみわりげすい》の裏長屋に一家で住んでいたのだ、竪川界隈は馴染みの土地だった。

「六間堀川《ろっけんぼりがわ》に猪牙を入れてくれぬか。宮戸川《みやとがわ》を知っておるな、北之橋《きたのはし》に止めてくれ」

磐音は初めて行き先を告げた。

北之橋詰には金兵衛《きんべえ》が待ち受けていた。

「婿《むこ》どのよ、なんだい、急に宮戸川なんぞに呼び出して。尚武館の内所が苦しいからってよ、まさかまた鰻割《うなぎさ》きをやろうってんで、親方に頼みに来たんじゃないだろうな。婿どのの歳《とし》じゃさ、鉄五郎《てつごろう》親方も弟子にとるまいぜ」

と河岸から声をかけてきた。

「舅《しゅうと》どの、鰻も嫌がりましょうな」

「金兵衛さん、紀伊藩の剣術指南の坂崎磐音様に鰻割きをやらせることができるもんですか。ただ今の坂崎磐音様は、昔の金兵衛長屋の浪人さんとは違うんですぜ」

金兵衛と磐音のやり取りを聞きつけた鉄五郎が鰻を焼きながら苦笑いした。そのかたわらでは幸吉《こうきち》が親方の焼きを見倣《みなら》って仕事をしていたが、磐音に会釈《えしやく》して、

「いらっしゃい」

と一言応じただけでまた焼き作業に戻った。

「いえ、偶《たま》さか舅どのと昼餉をともにしたいと思い付いたのでござる」

と磐音も笑いながら金兵衛に話しかけ、猪牙舟から河岸に上がるとき、

「修太郎どの、われらと昼餉を食せ」

と命じた。

修太郎は磐音の思いがけない言葉に驚いた様子で、舟の舫い綱を手に突っ立っていた。

「なんだ、武左衛門の旦那の長男か。尚武館によ、親父ばかりか倅までもが押しかけたってか。おこんの苦労が絶えないわけだよな」

と金兵衛が言い、

「若先生、時分どきでございますよ。客で込み合う座敷より、うちの帳場に席を用意しておきましたが、それでようございますか」

鉄五郎が言うのへ、造作をかけますと磐音が応じて、金兵衛を先頭に磐音が続いた。

「深川鰻処宮戸川」

今やその名はつとに江戸じゅうに知れていた。ために通人が舟を仕立てて宮戸川に押しかけていた。

磐音と金兵衛はすぐに帳場に通された。そこから鉄五郎親方以下、奉公人が深

い蘇芳《すおう》色の法被《はっぴ》を着込んで、それぞれの持ち場で機敏に働く様子が眺められた。

女将《おかみ》のおさよが早速燗《かん》をした酒を運んできて、

「尚武館の若先生、本日はおこん様も空也様もお連れくださいませんでしたか」

「舅どのとともに昼餉をと思うただけです」

と答え、金兵衛に一献《いっこん》差した。

「婿どのと二人で昼酒なんて、久しぶりだな」

「お互いかような機会は少のうなりました」

磐音が応じるところに修太郎が遠慮深げに姿を見せた。

「修太郎どの、そなたの姉の早苗どのが世話になっていた宮戸川だ。承知であろう」

磐音が言うと修太郎が頷いた。

「おや、早苗さんの弟さんでしたか。そういえば、このところ武左衛門さんの姿をお見かけしませんね」

「おさよさん、小梅村に移ったからね、六間堀までは遠いとよ。あの武左衛門の旦那も近頃はめっきり酒が弱くなったよ」

「十年ひと昔と言いますが、坂崎様がうちで鰻割きをしていらしたなんて夢のようですよ」

「先の西の丸様の剣術指南でよ、こたびは紀伊藩の剣術の先生《やっとう》だ」

「おこん様がそのお嫁さん」

「近頃じゃめっきり貫禄《かんろく》までつきやがった。わが娘ながらえらく変わったもんだぜ」

この日、金兵衛と磐音は二合の酒を分け合い、名物の鰻を食しておこんへの土産《みやげ》を貰《もら》い、宮戸川を後にした。

磐音は別れる前に幸吉へ話しかけた。

「京のおそめさんから便りはあったかな」

「いえ、ございません。おそめちゃんは、三年は夢中で修業するから文など出せないと思うって、おれに断って京に向かったんですよ。覚悟の前です」

と幸吉が答えるのへ、

「先日、京から戻った江三郎《こうざぶろう》親方がうちに鰻を食いに来てくれましてね。おそめの土産を幸吉に渡してくれたんですよ」

と帳場に顔を出した親方が打ち明け話をした。

「ほう、おそめさんも幸吉どのに気を遣うてくれたか」

磐音が店先の幸吉に声をかけると、

「へっへっへ」

と笑った幸吉が法被の襟元《えりもと》を手で押さえ、

「北野天満宮のお守りを江三郎親方に預けてくれたんですよ」

と嬉しそうに答えたものだ。どうやら法被の襟裏に大事なお守りを縫《ぬ》い込んであるらしい。

「深川六間堀の幼馴染みはいいものじゃな」

「へえ」

素直にも答えた幸吉は、もはや一人前の職人の顔をしていた。

金兵衛と宮戸川の前で別れた磐音は修太郎に、横川に出て法恩寺橋《ほうおんじばし》際の地蔵蕎麦に舟を着けよ、と命じた。

「宮戸川はどうであったな」

「姉ちゃんが働いていた店で初めて鰻を食べた」

とぽつんと修太郎が感想を述べた。それだけだった。

地蔵蕎麦の主《あるじ》である竹蔵は、南町奉行所の手札を持つ御用聞きでもあった。ここでも地蔵蕎麦の蕎麦打ちや釜茹《かまゆ》での様子が見える一階で磐音は修太郎とともに蕎麦饅頭《まんじゅう》と茶を馳走になり、地蔵蕎麦を出た。

「はてどうしたものか」

と呟いた磐音がしばし思案し、

「修太郎どの、そなたの昔の住まいは南割下水であったゆえ、刀研ぎの鵜飼百助様の屋敷を承知じゃな」

「天神鬚《てんじんひげ》の百助様なら知っている」

「ならば鵜飼様に挨拶しに参ろう」

磐音は法恩寺橋を渡り、本所吉岡町にある鵜飼邸に向かった。ここでも磐音は修太郎を伴い、御家人にして当代一の刀の研ぎ師を訪ねた。

砂を入れた貧乏徳利《びんぼうどっくり》が木戸口の裏に重し代わりに付けられた敷地内に入るのは初めてらしく、修太郎は珍しそうに鵜飼家の佇《たたず》まいを眺めた。

御家人屋敷二百坪の敷地に植えられた庭木は師走を迎え、大半の木々の枝は葉を落としていた。

二人は西側にある研ぎ場に回った。

そこには輝きを失った石榴《ざくろ》の実が一つ、枝に落ち残っているのが寂しげに見えた。

「お邪魔いたします」

磬音は戸口で声をかけ、包平《かねひら》を腰から抜くと研ぎ場の敷居を跨《また》いだ。

「おや、坂崎どの」

作務衣《さむえ》姿の天神鬚が応じた。

障子を通して差し込む淡い光に向かい合い、鵜飼百助は倅の信助《しんすけ》と一緒に仕事をしていた。そこにはぴーんと張りつめた気が漂っている。

信助が手を一瞬休め、磬音に会釈するとすぐに仕事に戻った。ここにも職人世界の揺るぎない緊張が支配していた。

「尚武館の若先生、康継がよほど気になるとみゆる」

百助が研ぎ場から立ち上がり、奥へと姿を消した。

磬音は修太郎を見た。

修太郎は緊張を五体に残したまま、鵜飼百助の倅が一心不乱に研ぎに没頭する姿を見ていた。

「伊勢国津藩藤堂家《いせのくにつとうどう》」

の家臣であったと自称していた浪人竹村武左衛門の嫡男として、長屋暮らしとはいえ武家で物心つき、刀を差す身であった。

だが、修太郎は母親勢津《せつ》の過剰な期待に応えられず、武士を志す道を自ら閉ざそうとしていた。

そんな修太郎が鵜飼百助の研ぎ場で父子が肩を並べて働く姿に接し、刀がかように精魂傾けた技によって研がれる様子に言葉を失っていた。

「過日、お見せした康継じゃがな、拭いも刃取《はと》りも磨きも終えた。残るはなるめで、帽子《ぼうし》(鋩《きつさき》)を研磨すれば完成じゃ」

と言った百助が白木の短刀を磐音に差し出した。

磐音は手にしていた包平を研ぎ場の上がりかまちに置くと、しばしお待ちをと願い、懐紙を出して口に銜《くわ》えた後、将軍家御用鍛冶康継が鍛えた短刀を受け取り、腰を下ろした。

仕上げ研ぎを終えた刃は拭いに入る。

拭いとは刀身に光沢を与える作業である。細やかな粉末にした酸化鉄を丁子《ちょうじ》油《あぶら》に混ぜ、吉野紙《よしのがみ》で漉《こ》したもので磨く金肌《かなはだ》拭いを終え、刃の部分を白く仕上げる刃取りをなし、棟《むね》と縞地《しのぎじ》が細い鉄棒で磨きをかけられていた。ために刀独特の黒い光沢が康継に生じていた。

そして、残された最後の過程は、

と呼ばれる作業で、帽子（鉈）を研磨することだけだった。

磐音は長いこと無言で康継に見入っていた。ふうっ、と息を吐いた磐音に、

「坂崎どの、願いがある」

磐音は鵜飼百助を見上げた。

「なんでございましょう」

「わしは研ぎ師じゃ」

と当たり前のことを言った。

「この後、鞘師、塗師、鍔師へと次々にこの康継を渡すことになる。土中に長年あったで鍔は大丈夫じゃが、鞘は傷《いた》みがひどく新調せねばなるまい。すると数人の仕事師が康継の謂《いわ》れを知ることになる。そこでわしに最後までこの康継の拵《こしら》えをさせてもらえぬか」

康継には、家康と佐々木家先祖との関わりが刻銘されていた。できることならば、その秘密を知る者は一人でも少ないほうがよい。

「それがしからもお願い申します」

磐音は康継を白木の鞘に納めて立ち上がると百助に願った。

猪牙舟が横川から水戸藩抱え屋敷の南を走る源森川《げんもりがわ》に入っても、修太郎は黙り込んだままだった。

「どうした」

「おれ、研ぎ師になりたい」

修太郎が自らに言い聞かせるように呟いた。

「修太郎どの、研ぎ師になるのは生易《なまやさ》しいことではない。まして当代一の鵜飼百助様の弟子となると、厳しい修業が十年から二十年続く。鵜飼様の寿命がどれほどか神様しか分からぬ。それでもなりたいか」

磐音は修太郎が武士になることに関心がないと悟っていた。無口だが手先が器用なこともこの数日で分かった。だが、本人はどのような世界に進めばよいのか分からずに苛《いら》ついていた。

磐音とおこんは話し合い、職人仕事か、北尾《きたお》重政《しげまさ》のような浮世絵師かなどと推測し、身近なところから連れて回り、反応を見ようとした。

研ぎ師鵜飼百助の研ぎ場に連れていったのは、当初の予定にないことだった。

だが、修太郎は強い関心を示した。

「よかろう。まず数日、己と向き合い、自問せよ。十年の辛抱ができるかどうか、その答えが出たならば武左衛門どのと勢津どのに許しを乞《こ》われよ。そこまで独りでやり遂げたならば、それがしが鵜飼百助様に願うてみよう」

櫓《ろ》を置いた修太郎が猪牙舟に両膝《りょうひざ》を突き、

「お願いします」

と磐音に平伏した。

第二章　万来見舞客

一

この日、小梅村には霧子を見舞う客が大勢やってきた。

まず道場の朝稽古が終わる刻限、桂川甫周国瑞と桜子《さくらこ》夫婦が診察を兼ねて母屋を訪れていた。そのことを磐音は早苗によって知らされた。

「ならば母屋に戻ろうか」

と磐音が応じるところに、国瑞が独り薬箱を提げて道場の庭に姿を見せ、

「霧子さんの様子を診ておこう」

と友に挨拶し、霧子の寝かされた長屋に入っていった。

早苗が従い、磐音らは御典医の診断の結果を待った。

「利次郎、案ずるな。霧子は日に日にようなっておると、おれの勘が教えておる。われらの声は必ず届いておる」

田丸輝信《たまるてるのぶ》が利次郎に話しかけた。だが、利次郎は長屋を見たままで輝信の言葉も耳に入らない様子だった。

がらり、と腰高障子《こしだかしょうじ》が開かれ、素手の国瑞が出てきて、磐音が診断の結果を待つ道場の縁側にやってきた。

「先生、いかがにございますか」

利次郎の問いに、うーむ、と国瑞が答え、霧子が眠る長屋の格子窓をちらりと振り返った。そのとき早苗が薬箱を提げて姿を見せた。

利次郎が早苗の薬箱を持とうと歩み寄った。

「利次郎様、霧子さんが診断する先生の手をお触りになりました」

「なに、正気が戻ったか」

早苗の言葉に利次郎が喜びの顔で応じた。

「利次郎どの、正気は戻っておらぬ。だがな、その兆候は見える。私の手を触ったのは偶然ではあるまい。なにかきっかけさえあれば正気に戻るのだがな」

国瑞が言い、

「なにしろ霧子さんの五臓六腑《ごぞうろっぷ》は常人以上。とりわけ心臓《しんのぞう》はしっかりとしておる。小梅村に戻り、ご一統の声を聞いているのがなによりの薬になっておると思える」

磐音はその言葉を聞いて、

（霧子、三七二十一日の満願成就の日まで、あと七日じゃ）

と胸中で話しかけていた。そして、磐音の独り稽古の間におこんが仏間に籠り、養父養母の霊に合掌して、

「南無大師遍照金剛」

を百回唱えたあと、庭の東西を往復してお百度参りをしていることを承知していた。

いや、磐音、おこんばかりではない。道場の住み込み門弟は言うに及ばず、通いの門弟も道場の行き帰りに足を止めて、それぞれが心の中で霧子に無言の声援を送っていた。

「年の内に霧子の声をなんとしても聞きたい」

利次郎がぽつんと洩らした。

その呟きに、だれもがなにも応えられなかった。利次郎が切ないほど霧子の回

復を願っていることを知っていたからだ。

「甫周先生、母屋に参りましょうか」

と磐音が国瑞を誘い、利次郎の手の薬箱を、

「それがしが持っていこう」

と受け取った。

「いえ、それがしが」

「利次郎どの、霧子に朝の挨拶をしてきなされ。霧子が待っておるでな」

磐音の言葉を利次郎が素直に受け、早苗とともに長屋に戻った。

「参りましょうか」

磐音と国瑞は肩を並べ、道場の裏手の竹林と落葉した林を抜けて泉水のある母屋の庭に出た。

「こちらはいつ来ても気持ちがのんびりいたしますな。閑静な場でありながら師匠や門弟らの稽古の声が一日じゅう響いておる。これほどのよき療養の場がありましょうか」

国瑞が磐音に話しかけた。

「甫周先生は霧子の五臓六腑が常人以上に元気と申された。では、なぜ霧子は本

心に戻れないのでしょうか」

「坂崎さん、われら医者が分かっていることは、人の体のほんの一部に過ぎません。そのことを前提に申し上げますが、霧子さんはこれまで過酷な暮らしに身を置いてきたと言われましたな」

「雑賀泰造という者を頭分《かしら》にした雑賀衆下忍がどこぞから攫《さろ》うてきた子でございましてな、物心ついたときから両親もなく忍びの中で暮らしてきたのです」

「そのような緊張を強いられる暮らしから、坂崎磐音、おこんさんという二親を得て、利次郎さんという相愛の若者も現れた」

「霧子にとってわれらは親ですか。松浦《まつうら》弥助どのが親と思うておりましたがな」

「弥助さんは独り者でしたね、やはり霧子さんの師であり、親は坂崎さんとおこんさんですよ」

と国瑞が言い切り、

「霧子さんの半生は、人の子を攫《さら》ってくるような理不尽な忍びの過酷な暮らしと、信頼し合える仲間の温もりの二つから成り立っています。毒を塗った矢で傷を負い、正気を奪われたとき、霧子さんの中で二つの半生が混乱を引き起こし、現《うつつ》に、本心に戻るのを拒んでおるのではあるまいか。雑賀衆の過酷な暮らしを毒塗りの矢が思い出させておるのではないか、ただ今、眠りの中で霧子さんは二つの暮らしの狭間《はざま》に揺れ動いているのです、戦っておるのです。坂崎さん、穿《うが》った見方というのは分かるが、そうとしか思えぬのです」

「それがしには甫周先生の見立てが得心でき申す。霧子は必ずやわれらのもとに戻って参ります。それも七日の裡《うち》に」

「ほう、七日の裡とな」

足を止めた国瑞が磐音の顔を見たが、それ以上問い質《ただ》そうとはしなかった。

縁側では桜子とおこんが空也と睦月を遊ばせていた。

磐音に気付いた空也が、

「父上、昼を桜子様方といっしょに召し上がられますよね。昼餉はうどんと稲荷《いなり》ずしですよ」

と叫んだ。


桂川甫周国瑞と桜子夫婦が尚武館の船着場に待たせていた舟に乗り込んだとき、こんどは今津屋一行の舟が姿を見せた。乗っているのはお佐紀に老分番頭の由蔵、長男の一太郎《いちたろう》と次男吉次郎《きちじろう》の四人だった。

磐音とおこん、空也らは桂川夫妻の見送りから、こんどは出迎えへと変わり、三組の一家が賑やかに出会いと別れを惜しんで、再び磐音らは今津屋一家とともに尚武館の門を潜り、お佐紀と由蔵が霧子の顔を見に長屋に通った。そして、今津屋の四人が母屋へと移った頃合い、金兵衛が現れた。

「おや、今津屋さん、霧子さんの見舞いですかえ」

「金兵衛さんも見舞いですかな」

と由蔵が反問した。

「へえ、わしは六間堀から小梅村まで歩くのが体にいいってんでね、見舞いがてら孫の顔を見に毎日のように邪魔に来てんですよ」

「それはなにより」

「本日の霧子さんはどうだい、おこん」

「金兵衛さん、お佐紀様と私が拝顔したばかりですがな、顔の色艶《いろつや》は赤ん坊のようにつやつやして元気そのものとお見受けしました」

おこんに代わって由蔵が答えた。

「舅どの、桂川先生と桜子様には見舞いを兼ねて診察をしていただきましたが、五臓六腑は常人以上とのこと、正気に戻るのはなにか一つきっかけがあればよいと申しておられました」

「そのきっかけたあ、なんだい。その辺が肝心要《かなめ》だぜ、婿どのよ」

磐音はその場で国瑞の見解を披露《ひろう》した。

「なんだって、ややこしい話だな。霧子さんはよ、今夢ん中でよ、これまで生きてきた道を振り返っているのかえ。なんとも厄介《やっかい》なことに嵌《はま》り込んだな。六間堀の連中は罷《まか》り間違ってもそんな羽目には落ちねえがな」

金兵衛が首を捻《ひね》った。

「金兵衛さん、桂川先生の論にも一理あるような気がしますぞ」

と由蔵が言うのへ、

「そうかね、わしは、得心が今一つ」

「いきませんか」

「いきませんな、お佐紀様」

「ではこう考えられたらいかがでしょう。霧子さんはただ今ひと休みしておられると。だって両親も知らず、戦いから戦いの世過ぎをしてこられたのです。心身ともに疲れていても致し方ございますまい。矢傷を負われたのは、少し休めということではありませんか」

「さすがはお佐紀様だ。わしは、そのほうが納得いきます」

「お父っつぁん、ともかく霧子さんは必ず元気になります。そのために亭主どのも早起きして願をかけておられます」

「なに、婿どのは神仏頼みか」

「まあ、そのようなものでございます」

磐音は金兵衛の問いを受け流した。

今津屋のお佐紀は、大所帯の尚武館の台所を案じて、いつものように舟にあれこれと魚や野菜の見舞いを持参してきていた。さらにはおこんの好物の甘味もあって、

「霧子さんへの見舞いを私たちが先に頂戴して悪いわね」

と言いながらもその場に供して、一太郎や空也が歓声を上げた。

「早苗さんから聞きました。霧子さんは柔らかいものなら食べられるそうな」

「人の本能にございましょうか、霧子さんに木匙《きさじ》で粥《かゆ》や野菜を上げると、もぐもぐと食べてくれるんですよ。そのせいで体力が落ちていないと桂川先生も感心しておられました」

「弥助どのが一日二回の食べ物に、雑賀衆が食する木の実や野草をすりつぶし混

ぜ込んで食べさせております」

「それなら、本日持参した見舞いの中に蜂蜜がございます。蜂蜜などいかがにございましょうか」

「お佐紀様、それは霧子さんも喜んで食しますよ」

おこんが大きく頷いた。

磐音はふと今朝方から弥助の姿を見ていないことを思い出していた。

なにか新たな事態が生じたか。

磐音が利次郎と弥助を伴い、木挽町の江戸起倒流鈴木清兵衛道場に乗り込んだのは初冬のことだった。

起倒乱流《きとうみだれ》の流れを汲む江戸起倒流は鈴木清兵衛が率い、奏者番田沼意知の後ろ盾《だて》もあり、急速に門弟を増やしていた。その背景には陸奥白河《しらかわ》藩藩主松平定信《まつだいらさだのぶ》ら名だたる大名がこぞって入門したことがあった。

「門弟三千人」

を豪語し、江戸の剣術界の大きな潮流となっていた。

だが、磐音が利次郎と弥助の三人で鈴木道場に乗り込み、鈴木清兵衛の命を受けた師範の池内大五郎《いけうちだいごろう》らが無法にも豊後関前藩の跡継ぎ福坂俊次を襲った事実を道場の稽古中に開陳した。

そのとき、鈴木清兵衛は、磐音から、

「尋常の勝負」

を挑まれ、磐音の技の前に完膚《かんぷ》なきまでの敗北を喫した結果、江戸起倒流鈴木道場は急速に弟子の数を減らし、凋落《ちょうらく》の一途を辿っているそうな。

元々鈴木清兵衛は幕臣であった。それが田沼意知の後押しもあって道場を拡大し、幕臣の務めをないがしろにしたあげく、本来の起倒乱流の解釈を大きく逸脱して江戸起倒流を拡張していくことに、本流でも苦々しく思っていた。そんなとき、西の丸家基の剣術指南であった坂崎磐音がわずか二人の供を連れ、満座の中での尋常な立ち合いを願ったのだ。

その結果の完敗である。

幕臣を監督する大目付も、白河藩主らが見物する中での勝負に口を挟《はさ》むことはできなかった。また鈴木清兵衛の背後に田沼意次、意知父子がいることは容易に推測できたし、田沼一派と尚武館佐々木道場のこれまでの因縁も江戸じゅうが知るところだった。

そんな最中の磐音と鈴木清兵衛の立ち合いだったのだ。

門弟三千人を豪語した江戸起倒流と鈴木清兵衛の名は地に落ちた。

磐音らは田沼一派から新たな反撃があるものと警戒していたが、その気配は見られなかった。霧子が未だ正気を取り戻さない以上、尚武館坂崎道場の密偵は弥助だけだった。

その弥助の姿が朝から消えていた。

「父上、なにを考えておられます。一太郎さんといっしょに凧を上げませぬか」

空也がどうやら、今津屋持参の品々の中にあった凧を庭で上げようと考えたらしい。

「正月にはいささか早いが、霧子姉さんが元気になるのを願うて上げようかな」

庭に出た磐音は、空也と一太郎の持つ奴凧《やっこだこ》を筑波《つくば》から吹き下ろす風に乗せて上げた。するとばたばたと音を立てて虚空に舞い上がっていった。

「とんだとんだ、一太郎さん、凧が上がりましたよ」

「よおし、空也様と競争じゃぞ」

空也と一太郎が夢中になって凧上げをしていると、こんどは武左衛門が母屋の玄関に姿を見せた。

おこんからそのことを聞かされた磐音は、

「修太郎どののことかのう。知らぬ仲ではなし、この場に呼んではどうじゃ」

とおこんに促した。

「おお、今津屋のお内儀と老分どのもおられるか、都合がよい」

武左衛門が座敷に姿を見せたが、珍しくお仕着せの印半纏ではなく綿入れを着ていた。

「知らぬ仲ではないと思うてこちらにお誘いしたが、別間がようござるかな」

「若先生、身内のような方々ばかり、なんの不都合があろうか」

武左衛門が磐音の気遣いを一蹴した。

「修太郎さんのことですかな」

雰囲気を察した由蔵が話の口火を切った。

「それじゃ、老分どの。わが愚息のことじゃが、これが親のわしに似たのか心配の種でのう。あれこれと騒ぎばかりを起こしておる。過日も」

と黒門町若衆組なる御家人の次男三男ばかりが徒党を組んで悪さをする仲間に入り、安藤家下屋敷の門前で騒ぎを起こしたことを一座に説明した。

「老分どの、過日、こちらの先生が修太郎を伴い、宮戸川から地蔵蕎麦に連れていったそうな。わしは、こちらの坂崎磐音どのがな、修太郎が武士には不向き、剣術も好きではないことを察して、どのような仕事に関心を示すか連れて回ったのであろうと見た。どうじゃ、若先生」

武左衛門が磐音を見た。

「本日の武左衛門様は冴えておいでてございます」

「おこんさん、これくらいはだれでも察しはつく」

と受けた武左衛門がさらに言葉を続けた。

「わしはあのような修太郎をこれまで見たことがない。いや、若先生が天神鬚の百助様の研ぎ場に連れていってくれたことをな、眼を輝かして話しおった。あやつ、何日も独りで考えた末にわしと勢津に、研ぎ師になりたい、鵜飼百助様に弟子入りしたい、と頼みおった。尚武館の若先生、すべてそなたがうちの馬鹿息子に教え諭した道筋であろう。恩に着る」

「余計なお世話をしたと案じておりました」

「そんなことはない。口下手のあやつが、ああも真剣な顔で親に頼みごとをしたことがこれまであったろうか。すべて勢津の望みのままに、わしがしくじった武士の道を歩ませようと試みた。結果はご一統が承知のとおりじゃ」

「鵜飼百助様は当代の名人と言われる研ぎ師にございます。えらいところに修太郎さんは眼を付けられましたな。坂崎様、すべてお見通しで鵜飼様のところに連れていかれたのですか」

「由蔵どの、迷うた末のことにござる。ああ無口では商人には向くまいと思うて、残るは職人か絵師のような仕事か、と考えたのです」

「それで宮戸川に地蔵蕎麦でございますか」

「じゃが、修太郎どのは全く関心を示さなかった」

「ところが天神鬚の百助爺様にあやつが白羽の矢を立ておった。尚武館の若先生、鵜飼様はうちの修太郎を弟子にとってくれようか」

　武左衛門が磐音を見た。

「武左衛門どの、その前に勢津どのは、修太郎どのの考えに得心しておられるか」

　磐音の問いに武左衛門はしばし沈思《ちんし》した。

「うん、最初はあれこれごちゃごちゃと抗《あらご》うておった。だがな、わしが懇々《こんこん》と修太郎の気持ちを代弁いたすとな、尚武館の若先生のご親切に報いるためにも鵜飼様のもとで刀研ぎの修業をさせてもよいと得心いたした。もはや竹村家の気持ちは固まった」

言い切った武左衛門の口調は今ひとつ煮え切らないようにも思えた。だが、竹村家の主《あるじ》の言葉だ、尊重するしかない。

相分かり申した、と磐音は答え、

「されど鵜飼百助様にお伺いを立て、願うのがまず先になすべきことにございますな。返事を貰うのは、決して生易しいことではありますまい。それに今尚武館はご承知のように怪我人を抱えております。修太郎どのを鵜飼百助様の屋敷にお連れするのは、しばし待ってもらえませぬか、武左衛門どの」

「むろんのことだ、頼む」

武左衛門が即答して頭を下げた。

二

重富利次郎は未明、尚武館道場の長屋の一室で目を覚ました。

六畳間に板の間と狭い土間がついており、棟割り長屋の広さほどか。だが、竈《かまど》など台所はなかった。各々が自炊はせず、住み込み門弟と門番の季助は合同で賄《まかな》いをなした。母屋の女衆《おんなし》が手伝うので、住み込み門弟はほぼ剣術修行に専念できた。

同室者が目を覚まさぬようにそっと起き上がった利次郎は稽古着に着替えると、枕元に置いた剣を手にした。

「利次郎、かような刻限に独り稽古か」

闇《やみ》の中から辰平の声がした。

有明行灯《ありあけあんどん》が灯された。ぼおっとした灯りに稽古着姿の利次郎が浮かび上がった。

「起きておったか」

「どこへ参る」

「うーむ」

「おれにも言えぬことか」

「昨日、桂川甫周先生が来られたな。霧子を診察なされた後、若先生と母屋に向かわれた。おれは薬箱を母屋まで運ぼうと思うたが、若先生が霧子のかたわらにいよ、と申されたで、いったんはそのお言葉に従うた。だが、霧子の長屋の敷居を跨ごうとすると早苗さんが、しばしお待ちくださせい、寝巻を着替えさせますと言うでな、おれはすぐにお二人を追いかけた。すると道場の裏手の楓《かえで》林辺りで、声が聞こえてきた。『七日の裡に必ずや正気を取り戻す』というようなお言葉であったと思う。おれは足を止めた。桂川先生のお言葉ではない、若先生の声だ。なぜ、かくも七日の裡と日にちを限られたか。早苗さんに尋ねたが分からぬ。おこん様に問うと、おこん様が迷うた末に、利次郎さんの胸に秘めておいてください、わが亭主は三七二十一日の願掛けをしております、と答えられた」

「願掛けとな。どこぞ近くの神社仏閣に籠っておられるのか」

「違うのだ。若先生は剣人らしく、朝稽古の前に母屋の庭で霧子の眠る長屋の方角を向かれ、神保小路の道場の地中から出た宝剣、山城国の刀鍛冶が鍛えた五条国永を振るって直心影流奥義の形稽古をなされ、霧子へ気を送っておられるというのだ」

「そうか、そうであったか。近頃若先生が朝稽古に参られたとき、すでに汗をかいておられると訝《いぶか》しく思うておった。そなた、若先生の稽古に加わるつもりか」

「お願いしてみるつもりだ」

「おれも一緒させてくれ」

辰平も急ぎ稽古着に着替えると二人してそれぞれ刀を携え、長屋の戸をそっと開けて尚武館の敷地から竹林と楓の林を抜けた。

欠け始めた十八夜の月が煌々《こうこう》と泉水の水面を照らしていた。

八つ半前か。

二人は母屋の前庭に片膝を突いて磬音を待った。しばらくすると雨戸が一枚引かれ、磬音が姿を見せた。二人が待ち受けているのを見たが、なにも言わず草履《ぞうり》を履いて所定の場に立った。

利次郎と辰平が一礼にすべてを込めて願った。

「許す」

短い答えが磬音の口を衝《つ》いた。

「法定四本之形、一の形、八相」

とさらに続けた磬音が、

「重富利次郎どの、仕太刀《しだち》を務めよ。われに相対して動きを見倣い、なぞられよ」

「はっ」

辰平は待機の構えで待つ。

利次郎も辰平も、未だ直心影流奥義の本式伝授を許されてはいなかった。それを今ここで許すというのだ。

二人は霧子のために許されたことだと悟った。

打太刀《うちだち》は受けの太刀で、当然有功、上《かみ》が磐音の役だ。

仕太刀は初心、下《しも》だ。

磐音と利次郎は股立《ももだ》ちをとり、双方正対に見合って一礼した。

磐音は五条国永を抜くと相手の面に付けた。

刀の柄を保持する手はかるく茶巾《ちゃきん》に絞り、足の構えは八文字だ。

打太刀の師の動きを見倣い、仕太刀の利次郎も同じ構えをなした。

磐音が一円相を象ると朝日が昇るように差し上げ、足を左、右と一歩ずつ下げた。さらに打太刀が真剣を翳《かざ》しながら左、右一歩ずつ踏み出し、利次郎も真似《まね》た。

演武は緩《ゆる》やかに厳《おごそ》かに続けられた。

待機の辰平は二人の動きを凝視しながら、それぞれの剣の鞐から霧子に向かって気が飛ぶのを感じた。

六日を残して満願の二十一日がやってくる。

磐音の直心影流の法定四本之形奉献に利次郎と辰平が加わり、打太刀、仕太刀と二人稽古となり、仕太刀だけが利次郎から辰平へ、さらに利次郎へと交代しつつ続けられた。

この三人の真剣による稽古が終わり、尚武館に移って普段どおりの稽古が始まった頃、小梅村の磐城平藩安藤家下屋敷の通用口から、そっと抜け出す人影があった。

だが、こちらは刀を携えてはいない。

庭箒《にわぼうき》を手に横川に出ると、川沿いをひたひたと進み、法恩寺橋を渡り西に向かった。そして吉岡町の裏手に出ると、微かな月明かりに、

「刀剣研師　鵜飼百助」

と木札が打ち付けられた門前で足を止めた。

むろん人影は武左衛門と勢津の長男修太郎だ。

「よし」

独り言ちた修太郎は携えてきた庭箒で鵜飼邸門前の掃き掃除を始め、ごみを一か所に集めると、懐に持参した布袋に詰め、姿勢を正して門内に向かって一礼し、

（鵜飼百助様、竹村修太郎を弟子にとってくだされ）

と胸の中で願うと吉岡町を去り、小梅村に戻っていった。

鵜飼家は門番がいるような屋敷ではない。

毎朝の門前の掃除がなされていることを二、三日気付かなかった。

だが、百助の次男、信助がその朝、門前がきれいに掃除されていることに初めて眼を留め、門の一角に黄色の寒菊が置かれていることに気付いて、師であり父である百助に伝えた。すると百助はしばし思案していたが、

「うちを寺か稲荷社と間違える慌《あわ》て者がおるとも思えぬがのう。放っておけ、そのうち正体も知れよう」

と答えたものだ。

霧子の夢寐《むび》はいつ果てるともなく続いていた。絶えることなく続く無明の時の流れであった。

時に霧子は夢のまにまにあることを意識した。

丹入川の流れに芒《すすき》の穂が揺れて影を落とし、赤蜻蛉《あかとんぼ》が飛ぶ頃、姥捨の郷では総出で柿の実をもぎり、女たちが皮剥き作業をなした。

子供たちは渋柿の剝かれた皮をそれぞれ集めて、長さを競い合った。

「霧子の勝ちや、長さが腕の二本分はあるでよ」

五平《ごへい》の声が遠くから響いてきた。

干し柿が秋の陽射《ひざ》しにしぼみ、甘さが少しずつ増す頃、内八葉外八葉には冬の

到来を告げる木枯らしが吹き荒れる。

「きりこきりこ、かぜん子きりこ、
とんでけとんでけ、だいし様のもとまで、
とんでけ、きりこ」

という歌声が霧子の頭に響いて、不意に夢が途切れた。

どこからともなく霧子を精気が優しく包み込み、夢寐から現《うつつ》に呼び戻そうとしていた。

（だあれだ）

霧子は夢の中で精気を送る主に問いかけていた。そんなことが繰り返され、繰り返し送られてくる精気が独りではないことに気付いた。

（私を呼ぶのはだれだ）

（いったい私はどこにいるのだ）

霧子はまた夢の世界に戻っていった。

この日、朝稽古が終わった頃、磐音は弥助の姿を認めた。白山の引き綱を持った弥助が磐音だけに分かる合図を送ってきた。

磐音は門外に出ると、白山の散歩を始めた弥助と肩を並べた。

「この数日、どこぞに行っておられたな」

「へえ」

と応じた弥助は、報告がございますと前置きした。

「木挽町の鈴木清兵衛の道場にございますが、道場主が代わりましてございます」

「おや、鈴木どのは手を引かれたか」

「若先生の一撃で喉を潰し、声を失うてしまいました」

「気の毒であったな」

「尋常の勝負、若先生が手加減されなければ、今頃冥府《めいふ》をさ迷うておりましょう。命があっただけでも有難く思うことです」

「鈴木清兵衛どのは幕臣であったな」

「そちらも嫡男の五之輔《ごのすけ》様を御簞笥奉行見習いとして出仕させ、隠居なされました」

「江戸起倒流は消えましたか」

「いえ、起倒乱流から山野井《やまのい》寛庵《かんあん》と申される剣術家が送り込まれ、江戸起倒流の木挽町道場を継承することになったのでございますよ」

「それはなによりでござった。松平定信様方、大名諸侯は山野井どののもとで稽古を続けられるのじゃな」

「その辺は未だ分かりませぬ。なにしろ、あの日を境に門弟三千人と豪語していた道場の賑わいは消え、今は百人にも満たない門弟が稽古に来たり来なかったりですからね。大名方も二の足を踏んでおられましょうな」

弥助はどうやらこの数日、木挽町の起倒流道場の様子を探っていたようだ。

「むろん道場主が代わった背後には、若年寄に出世なされたばかりの田沼意知様の、ということは老中田沼意次様の強い意思があってのことにございますよ。あの道場の金主は田沼父子にございますからな」

磐音と弥助は、隅田川の川辺を須崎村の牛御前社《うしのごぜん》のほうへと歩きながら会話していた。

「鈴木清兵衛が若先生の一撃に敗《やぶ》れた様子を聞かされた田沼意知様は烈火の如く憤激なされ、医者の治療を受ける鈴木清兵衛を罵倒し続けたそうな。腹を切れ、満座の前で大恥をかかされ、未だ生きるつもりかと罵られたとも言われます。雇われ道場主もなかなか大変な商売でありますな」

磐音は鈴木清兵衛が自裁するのではないかと、あの折り危惧した。ゆえに勝負が決まったあと、磐音は、『剣術家同士の尋常な稽古』と一座に断っていた。だが、その気遣いも無駄に終わったようだ。

「弥助どの、山野井どのもまた鈴木清兵衛の後釜と考えてよいか」

「まず間違いございますまい。ですが、山野井は江戸の人間ではのうて山城辺りの出とか。柳生《やぎゅう》の庄で数年にわたり柳生新陰流を修行したこともある人物と、そこまでは調べがついております」

「田沼意知様が鈴木清兵衛どのの後釜に選ばれたほどの剣術家、それなりの技量の持ち主でござろう」

へえ、と返答した弥助は、

「木挽町の道場を引き継ぎましたが、未だ山野井は残った門弟の指導をなしたことがないそうです。門弟の間では、田舎剣士が江戸に出てきて魂消《たまげ》ておるのではないかなどという噂《うわさ》も流れ始めたそうな。ですが、山野井は平然としておるようです」

「弥助どの、油断ならぬ人物と見た」

「わっしも人の口を通しての話をあれこれ考え、未だ正体を見せてねえと睨みました」

「弥助どのも姿を見ておられぬのでござるか」

「道場の敷地内にある家に籠って身動きしませんので、無理に忍び込むことは控えております」

「それでようござる」

と磐音は言った。

白山の背の毛が逆立った。

「おやおや」

と弥助が呟いた。

腰に下げた革袋から飛礫《つぶて》を出し、手にいくつか握った。自然な動きで格別構えた気配は見せなかった。

牛御前社の前を通り過ぎようとして、磐音はふと思いついて弥助を誘い、鳥居を潜った。

牛御前社は貞観《じようがん》年間（八五九～七七）、慈覚大師による建立《こんりゆう》と伝えられる。

慈覚大師の草庵に衣冠の老翁あらわれ、『国土悩乱の折、首に牛頭を戴き、悪魔降伏《ごうぶく》の形相をあらわし、国土を守護せん。ゆえに我の形を写して汝に与えん。

我のために一宇を造立せよ』と命じたことに由来するという。

この老翁、須佐之男命《すさのおのみこと》の権現《ごんげん》であったために、牛御前社の祭神は須佐之男命であった。

「弥助どの、まだなんぞ探索されたことがありそうな」

「こちらのほうは危惧と言うてよいかどうか、鈴木清兵衛のことですよ」

「鈴木どのがどうなされた」

「声を失うた鈴木清兵衛は、この数日前より屋敷から姿を消しておりましてな。わっしが奉公人に酒を飲ませてあれこれ問い質したところ、文を残して家を出たそうな」

「なんぞあてがあってのことであろうか」

と自問するように磐音は呟いた。

「なんでも置き文には、剣術の修行をし直し、わが恥を雪《すす》がん、とあったとか」

「それがしに改めて勝負を挑むということか」

「へえ。そのこと、田沼意知様の木挽町の屋敷にも伝えられたそうな」

「過日のこと、恨みを残したようじゃな」

「若先生、未だ霧子は正気を失うたままでございますよ」

「いかにもさよう」

「剣術家同士があれほどの満座の前で尋常の勝負をなしたのでございます。恨みを抱くなど筋違いというもの。剣術の腕よりまずは己の未熟な考えを改めたほうがようございますな」

弥助が言い切った。そして、

「おめえさん方、わっしらの尻にくっついてきたようだが何の用ですね」

と牛御前社の社殿の陰に話しかけた。

深編笠《ふかあみがさ》で面体《めんてい》を隠した武芸者が姿を見せた。

六尺豊かな巨軀であり、足元を武者草鞋《むしゃわらじ》で固めているところを見ると、旅の武芸者とも思えた。手に鉄扇を持っていた。

「わっしらが何者か、承知のことですかえ」

弥助の問いに武芸者は答えない。

「わっしのかたわらにおられるのは直心影流尚武館坂崎道場の主にございましてな、先の西の丸家基様の剣術指南を務められたお方だ。素手だと見くびって、なんぞ悪い考えを起こさないことですよ」

深編笠の武芸者の背後から仲間か手下か、四人が現れた。一人は手槍を携えていた。

白山がうぅっ、と唸《うな》り声を上げ、身構えた。

「隅田川のこちら岸の須崎村とはいえ、向こう岸は上様がお住まいの江戸だ。在所とは違いますぜ」

深編笠は動かない。

その代わり、四人が前に出てきて、手槍の主が磐音に向かって投げる構えを見せた。

磐音らと四人の間は六間とない。

弥助が白山の引き綱を離した。同時に飛礫が投げられた。

手槍を構えた男が白山の動きを一瞬睨んで手槍に神経を戻し、投げかけた。その瞬間、
びしり
と弥助の投げた飛礫が手槍の男の額を打った。ために手槍を放とうとした手が揺れた。手槍の狙いが外れて、磐音の頭の横を飛び抜けようとした。

磐音の手が手槍の柄をぱっと摑んだ。

そのとき白山が、手槍を投げた男の右足首にがぶりと嚙みつき、四肢を踏ん張

って首を左右に振った。

手槍を投げた男は悲鳴を上げながら横ざまに転がった。

仲間が首を振り回す白山を抜き放った刀で斬りつけようとした。

弥助の二つ目の飛礫がとんで、男の顎《あご》を強打した。そのせいで刀は大きくそれて地面を叩いていた。

「そのへんでやめておきなせえ。うちの道場の稽古に槍折れって武芸がございましてね、坂崎磐音様は槍折れも達者ですぜ。なんなら試してみますかえ」

深編笠が仲間になにか命じた。

弥助も白山に、やめよと命じた。

白山は弥助の命を聞くと、最後に大きくひと振りして相手の足首から口を離し、磐音らのところに駆け戻ってきた。

飛礫と白山に先手を打たれた五人組は、負傷した二人を助けながら牛御前社の境内《けいだい》から姿を消した。

「尾《つ》けますかえ」

「用があるなら、あちらから姿を見せましょう」

と磐音が言い、手槍をその場に置くと、牛御前社の拝殿に向かって拝礼した。

三

新年の到来を実感する行事の一つが師走の煤《すす》はらいだった。

「煤はらひ、十二月の中頃にて、定まれる日はなし。吉日をえらみて、殿上人《てんじょうびと》はくなり」

と古来宮中で行われていた大掃除が由来とか。

江戸城の御煤納めも十三日に行われたために、庶民もこれに倣った。町屋では主から奉公人まで総出で頰被《ほおかぶ》りに尻をからげた襷《たすき》がけの形《なり》で家内じゅうを掃除し、掃除の最後にはご祝儀に主らを胴上げした。

この煤はらいが終わると、江戸の町に臼《うす》や杵《きね》を持った餅搗《もちつ》きの姿が見られるようになった。師走の二十日過ぎから町内を餅搗きが回って歩き、二十六、七日頃までに搗き終わった。

尚武館坂崎道場でも月の半ばに、母屋も尚武館も住み込み門弟の長屋も霧子の寝るところを除いて煤はらいをなした。最初、長屋の煤はらいはそおっと静かにしようと話し合っていたが、早苗が、

「霧子さんは皆さんの声がするほうが好きなようですよ。だってよく動かれますし、顔にも表情が浮かびますもの」

と言い出すと、利次郎が、

「ならば霧子の耳に届くように賑やかにやろうか」

と音頭をとって、わいわいがやがやと霧子の休む長屋の格子窓や軒下の煤をはらい、土間もきれいに掃除した。

さらに数日後、今津屋の御寮の納屋から臼と杵を探し出したおこんが指揮して、住み込み門弟の神原辰之助らに井戸端できれいに洗わせた。

臼は木臼で、杵も五本あった。だが、糯米《もちごめ》を蒸す蒸籠《せいろ》は長年使っていなかったせいで傷んでいた。

おこんは乾燥しきった臼と杵に水を吸わせて、蒸籠を新たに注文した。

この日の夕暮れ前、おこんが道場から母屋に戻った磐音に相談した。

「おまえ様、昨年は江戸に戻ったばかりで餅搗きどころではございませんでした。

神保小路の尚武館では大勢の門弟衆が交代で何斗もの餅を搗きましたね。臼と杵も水につけて仕度を終えています。餅搗きを再び始めませぬか」

「辰之助どのらの話が耳に入った。門弟衆もだんだんと増えてきたゆえ、尚武館坂崎道場も景気づけに賑やかにいたそうかな」

「日取りはいつにしますか」

しばし沈思した磐音が、

「明後日ではどうか」

と問い返し、頷いたおこんが、

「明日には糯米も蒸籠も揃《そろ》いますので仕度はできます。明後日と門弟衆に知らせてようございますか」

「願おう」

おこんは、磐音が明後日と指定した意味を悟っていた。

なんのために磐音が毎未明、庭で尚武館の護り刀というべき五条国永を使って直心影流の奥義を奉献しているか、承知していた。その満願の日が二日後にくる。おこんの庭でのお百度参りも、磐音が定めたその満願の日に合わせる心積もりであった。

(霧子さん、私たちの気持ちを汲み取って)

と心に願ったおこんは、辰平や利次郎に告げようと立ち上がった。すると磐音が、

「餅搗きの前に、その日稽古に見えた門弟衆全員を東西に分けて対抗戦を催そうと思う。辰平どの、利次郎どのらにおよその組み分けをしておくように告げてくれぬか」

「畏《かしこ》まりました」

夕餉《ゆうげ》を前にして尚武館門前の掃除をしていた利次郎は、餅搗きの日に東西戦を催すとの磬音の命をおこんに知らされた。

「だんだんと神保小路時代の行事が戻ってくるな。よし、明日の稽古の折りに、通いの門弟衆に告げよう。辰平、近頃では門弟衆の数、百人に達しておらぬか」

「むろん一堂に顔を揃えたことはないが、百人は超えていよう」

「百人を二つに割って五十組か、長丁場の東西戦じゃな」

「まあ、来られぬ方もおろうし、また客分や師範方には出られぬ方々もおられよう。まず三十五組から四十組を想定すればよかろう。利次郎、まず道場の名札で東方と西方に分けてみようか」

道場の壁に入門年次順に掛けられた名札を外し、技量、経験、年齢を勘案して二つに分け、それらを紙に書き写して、

「後ほど若先生にお見せしてご意見を伺おう」

と利次郎が言うのへ、辰平が墨字の名を改めて見た。

「神保小路尚武館佐々木道場時代の門弟衆で、未だ姿を見せておられぬ方も多いな。かような催しの際に顔を出してもらえるとよいのだがな」

「辰平、明日見える通いの門弟衆に願い、屋敷が近い旧門弟衆がおられたら声をかけてもらうのはどうじゃ」

「おお、それはよい考えだぞ。餅搗きの前座の東西戦だが、見物の衆がいれば張り合いも出よう。それをきっかけにまた稽古に通ってこられるならば一挙両得じゃ。ちと作意が見え見えかのう」

と辰平が案じた。

「なあに、昨今の剣術道場の浮沈を見てみよ、経営の才も大事じゃぞ。うちは若先生が紀伊藩江戸藩邸に教えに行かれるようになって、いくらか内所が楽になったろうが、われら穀潰《ごくつぶ》しが大勢で寄宿しておるからのう」

利次郎が坂崎家の台所事情まで案じ、神原辰之助が、

「煤はらいと同様、東西戦の雰囲気が霧子さんの耳に伝われば、きっとなにか反応を示しますね」

と呟き、

「うむ、おお」

と応じた利次郎が黙り込んだ。

「どうした、利次郎」

「近頃な、もう霧子が永久に眼を覚まさぬような気がしてな」

「なにを言うか。そなたがそのように気持ちを萎《な》えさせてどうする。目覚めようとする霧子も迷うことになろう」

「おれも萎える気持ちを幾たびも鼓舞してきた。だが、いくら霧子の五臓六腑がしっかりしておるというても、正気を失うて二月《ふたつき》になろう。かように長いこと本心を失うて眠りに就いた人間が蘇ることなど、滅多にないそうな」

「だれが言うた。桂川甫周先生か、中川淳庵先生か」

「辰平、お二方はそのようなことは決して申されぬ。だが、過日、薬を貰いに行った折り、門弟の方が洩らしておられるのを耳にした」

「それは霧子のこととは限るまい。利次郎、若先生やおこん様をはじめ、門弟一同が必ずや回復すると信じておるのだ。肝心のそなたがその信念を失うてどうする、当人の霧子もかように頑張っておるのじゃぞ。諦めることはならぬ、決してならぬ」

辰平の強い励ましにしばし沈思していた利次郎が、

「おれが悪かった。霧子のことを考えれば、おれの精進が足りぬ」

と言い切った。


夕餉の後、辰平らが考えた東西戦の組分け表を見た磐音が、

「利次郎どの、明後日未明の直心影流奥義法定四本之形奉献は、時と場所を変えて行おうと思う」

「いつ、どちらにて」

「東西戦の後、利次郎どのが仕太刀を務めて道場にて行う。われらの気持ちをより近いところで霧子に伝えたいのだ」

「はっ、はい。有難き幸せにございます」

利次郎が答え、磐音が、

「霧子が眠りに就いて二月、霧子の頑張りにそれがしも驚嘆しておる。われらの気持ちが強いか、霧子の体を縛った気が強いか、真剣勝負じゃ」

磐音の言葉に頷いた利次郎が、

「それがし、愚かにも気持ちを萎えさせておりました。最前も辰平に叱咤《しった》され、

ただ今若先生のお諭しを受け、もはや諦めの気持ちなど持ちませぬ。よしんば霧子が本心に還らずとも、この重富利次郎のかたわらに霧子がおることに違いはないのですから」

利次郎の言葉に磐音が頷いた。

「若先生、それがしにもお教えください」

と辰平が言った。

「どうされた、辰平どのにも迷いがあるか」

「いえ、愚かな考えとは承知しております。その上でお尋ねしとうございます」

「なんなりと」

「若先生が霧子を本心に戻そうと三七二十一日の精進、直心影流奥義法定四本之形奉献を密《ひそ》かに始められ、われら二人が途中から加わりました。そして満願の日、大勢の門弟衆の前で若先生と利次郎が奥義を披露なさるといわれる。剣術の各流派にとって、奥義伝開は師匠から選ばれた弟子、あるいは一子相伝の秘技でございます。それを門弟衆が集う場で披露なされるという。その理由をお聞かせください」

「そのことであったか」

と磬音が微笑《ほほえ》み、

「辰平どのに尋ねよう。それがしとともに法定四本之形の仕太刀を何日か務めてこられた。その結果、なにを悟られたな」

磬音の問いに辰平が、うっ、と返答を詰まらせた。その視線が利次郎に向けられた。

「そ、それがし、仕太刀を務めるのに必死、動きをなぞるのに集中して、何事も考えたことはございません。そのように余裕のないことでどうすると、己を叱咤したこともございます。ですが、それがしの力ではなんとも……それが実態にございます」

利次郎の言葉に磬音がさらに微笑んだ。

「それでよい」

「それでよろしいので」

「それがし、亡き養父佐々木玲圓より伝開の形を無言裡《り》に教わり申した。以来、折りに触れ養父の教えを繰り返してきた。未だこの教えの奥義を悟ったとは言い切れぬ。形は形にしてそれ以上でもそれ以下でもござらぬ。八相、一刀両断、右転左転、長短一味、すべて意味があるようでない。流派の奥義は秘伝といい、どこもが神秘性を重んじておられる。じゃが、この奥義の四つの形を知った門弟衆が、よし、われも挑んでみようと試みられる行動こそが大事にござる。なにも流派の奥義は相手を屈服させる秘技を教え伝えたものではござらぬ。またそのような秘技などどこにもありますまい。秘技を得られるとしたら稽古の積み重ねでしかございますまい。ならば、なにゆえ各流派が奥義や伝開を持っておられるか。それは形を練磨稽古することで、己の考え方、律し方を学ぶものかと思うておる。法定四本之形の奥義に達する道も人それぞれが違う過程を辿り、違うた高みに達することになる。その道程にこそ意味があるのではござらぬか」

磐音の言葉に辰平は長いこと沈思していたが、強張《こわば》っていた顔の表情がすうっと和《なご》み、

「それがしの狭量、恥じ入ります」

と頭を下げた。

次の日の朝稽古が終わった尚武館道場で、明日の餅搗きとその前に門弟の東西戦が行われることが発表され、おおっ、と一同が沸いた。

そのとき、門番の季助が磐音に客人がみえたと伝えてきた。

尚武館道場に客人があるとしたら、およそが剣術に関わる者、道場の玄関まで入ってくる。それが門前にいるという。

「どなたかな」

「それが川向こうから来たと言われるだけですよ。わしより年寄りの町人なんで」

と季助が首を捻った。どうやら相手の正体の見当がつかないらしい。

道場を師範の依田鐘四郎に任せ、磐音は門前へと出た。すると見知らぬ老人が白山の体を撫《な》でていた。

「そなた様にございますか、それがしに用と申されるのは」

磐音の声に振り向いた男は五十代の半ばか、陽《ひ》に焼け、外仕事の人間と思えた。だが、職人や商人ではない。顔の表情に油断のなさと艶《つや》っぽさがあった。立ち上がった男の形《なり》は木綿物だが、渋い唐桟《とうざん》を粋《いき》に着こなしていた。頭髪も髪結い床に行ったばかりで髷《まげ》はさっぱりと小さめだった。

「坂崎様、わっしは吉原の一八《いっぱち》と申します」

「おお、ぜげ」

と返して、

「これは失礼いたした。一八どのの名は吉原会所の四郎兵衛《しろべえ》どのから聞いており申す」

磐音の返答に笑った男が、

「へえ、その女衒《ぜげん》の一八でございますよ」

と笑みの顔で答えたものだ。

「前田屋《まえだや》の奈緒《なお》どのの近況を四郎兵衛どのに伝えてくれたそうな。礼を申す」

「礼を言われる話じゃございません。春になったら出羽《でわ》近辺に娘を捜しに出向きます」

「ほう、また山形に出向くと申されますか」

「ただ今は天明の大飢饉の最中、安くていい娘が買えるってんで、妓楼《ぎろう》の主にせっつかれますのでね。娘を売らなきゃ生きていけねえ家の娘を買ってくるのがわっしの仕事なんでございますよ」

「そなたは手掛けた娘が吉原の看板花魁《おいらん》に育つことを楽しみにしておられる、数少ない仕事人と四郎兵衛どのが申しておられた」

「四郎兵衛様がそんなことをね」

一八の顔に微かに笑みが浮かんだ。

「紅花《べにばな》商人の前田屋内蔵助《くらのすけ》様の奇禍《きか》は四郎兵衛どのを通じて聞きました。奈緒どのもご苦労が絶えないことにござる」

「尚武館の先生、余計なこととは存じますが、なんぞ言付けはございませんか。そう思いましたので伺いました」

「有難い申し出かな、礼を申す。出羽行きは来春ですか」

「月半ばに出かけるつもりです。道中も出羽一円も雪が残っておりましょうが、この時期に苦労して行くから、いい娘に出会えるんでございますよ」

一八はさらりと言った。

「一八どのは奈緒どのを承知ですか」

「吉原もぴんきりでございますよ。白鶴《はっかく》様は身売りの金子《きんす》が千両とか途方もない値で吉原に乗り込んでこられた女郎だ。女衒には縁のないお方でした」

「それがしと奈緒どのがどのような関わりか承知なのでござろうな」

「へえ、豊後関前藩のご家臣時代、坂崎様と奈緒様は許婚《いいなずけ》であったそうな」

首肯した磐音が、

「前田屋の奈緒どのと山形で知り合われましたか」

と話題を奈緒に戻した。

「へえ」

と答えた一八が遠くを眺めるような眼差しで川の流れの向こうを見た。

「偶さか会ったのが山形城下の寺にございましてな、去年の夏のことにございました。わっしがとある寺の山門下の日陰でうだるような暑さを避けて休んでおりますと、白地の紬《つむぎ》を着こなした女性《にょしょう》が本堂の前で和尚と話しておりましたんで。あの界隈では見かけない様子のいい女性なんで、なんとなく気にかかり、ちらりちらりと見ていたんでございますよ。和尚と別れた女性が日傘をさしてこっちに向かってきた。そのとき、わっしはすぐに白鶴太夫と察しました。吉原の長い歳月でも白鶴太夫は数本の指に入る花魁だ。女衒のわっしに強い記憶を刻みつけて出羽に去っていかれた方ですからね」

一八はしばし言葉を切った。

「わっしは白鶴太夫が紅花商人の前田屋さんのお内儀になったことを思い出していました。すると、わっしのかたわらを通り過ぎようとしてふとわっしに視線を送り、足を止められたんでございますよ」

「……そなたは江戸のお方ですね」

て立ち上がった。

「たしか一八さん」

まさか白鶴太夫が女衒の名まで承知とは考えもしなかった一八は、はっ、とし
「驚くことはございますまい。鉄漿溝《おはぐろどぶ》に囲まれた狭い遊里に関わりを持った者同士です。御用で山形に参られたのですね」

「へえ」

「ただ今うちでは怪我人を抱えておりますゆえ、いささか差し障《さわ》りがございまして
てお誘いできません。いつの日かこの界隈に立ち寄られた折りには、前田屋に奈緒を訪ねてください。もっともその折りまで前田屋が残っているかどうか」

「奈緒様、わっしの仕事を承知でそのような言葉をかけてくださいますので」

「苦界に悪人ばかりが住んでいるとは限りますまい。そなたは吉原になくてはならないお方です。そなたが連れてこられた遊女の秋葉《あきば》さんも初音《はつね》花魁も、私の朋輩にございました」

一八はまさか白鶴太夫だった前田屋の奈緒からこのような言葉をかけられるとは思わず、返答を失っていた。

「だれしも己の歩いてきた道を忘れることも消すこともできません。私は白鶴であった時代も誇りに思うております。一八さん、またどこかでお会いしましょう」

「……奈緒様は陽射しの中に溶け込むように消えていかれました。わっしは白日夢でも見ていたような錯覚に陥り、しばし動けませんでしたよ。あとで知ったことですが、そんとき奈緒様は、前田屋の旦那の内蔵助様が馬に蹴られて半身不随になっておられるのを看病しながら、前田屋の商いも見ておられたんでさあ」

「その後、奈緒どのとは」

「女衒に良いも悪いもありませんや、娘を買い叩いて吉原に突き落とすのがわっしの仕事でございますよ。あの界隈に立ち寄った折り、人の噂に前田屋の具合を伝え聞くだけでしてな」

「奈緒どののことはさておき、一八どのは自ら手掛けた花魁のことを気にかけておられる」

「それくらいしか楽しみはございませんでね」

「やはりそなたは吉原になくてはならないお方のようじゃ。奈緒どのになにを届けてもらうか、しばし日にちを貸してくだされ。それがしが吉原会所に届けます」

「へえ、わっしが旅に出るのは藪入《やぶい》りのあとにございますよ、坂崎様」

磐音が応じると、一礼した一八が竹屋《たけや》ノ渡しへと足早に去っていった。

四

翌日、尚武館は朝から住み込み門弟も女衆も大忙しだった。

餅搗きの下準備に武左衛門、勢津、それに次女の秋世《あきよ》、修太郎に次男の市造と一家総出で手伝いに来てくれた。むろん長女の早苗も朝からてんてこ舞いだ。さらに品川家から幾代が来て、霧子の面倒を見ることになり、金兵衛も姿を見せた。

道場は道場で辰平ら住み込み門弟が、餅搗きを前に行われる尚武館坂崎道場の門弟東西戦の仕度に余念がなかった。

速水左近が倅の杢之助、右近の付き添いの体《てい》で早々とやってきた。

速水左近は母屋に向かい、しばしの間、おこんの淹《い》れた茶を喫しながら磐音と雑談した。尚武館には待機する場がないからだ。そこへ今津屋の由蔵が手代の宮《みや》松《まつ》を連れて、四斗樽を船で運んできた。さらに品川柳次郎も手助けに来てくれた。

母屋では由蔵が挨拶をなし、

「ちと気がかりなことを耳にしました」

と言った。

「田沼様がことか」

速水左近がすぐに応じた。

今津屋は江戸六百軒の両替商を束ねる両替屋行司《ぎょうじ》だ。金銭の動きに伴い、三百諸国の情報があれこれと流れ込んでくる。むろん城中の動きもだ。

「速水の殿様、そうではございません。山形の紅花問屋の前田屋内蔵助様が亡くなられたと、さる筋から伝わってきましたので」

「なんと、真にございますか」

驚く磐音に由蔵がなにか答えようとしたとき、おこんが由蔵の茶菓を運んできた。その間に、

「奈緒どのの亭主どののじゃな」

と速水が念を押した。

「いかにもさようです」

と磐音が答え、おこんに今の事情を説明した。

「なんということが。前田屋様と奈緒様のお子は五つを頭に三人、幼うございます。奈緒様はさぞ徒然《つれづれ》げなことでございましょう」

「坂崎様、おこんさん、確かな証《あかし》のある話ではございませんでな」

「いえ、老分どの、今津屋さんにもたらされる話が不確かなことはございますまい。それにかようなことは虫の知らせのようなものがあるものです」

「おや、坂崎様にそのようなことが」

由蔵の問いに首を振った磐音がおこんを見て、

「昨夜、そなたに話そうとしたが、餅搗きの仕度で忙しいゆえ話しそびれたことがある」

と前置きして、女衒の一八の来訪の経緯《いきさつ》を告げた。

「そういうことにございましたか。となると一八さんの来訪は、前田屋内蔵助様が亡くなられたことの前触れにございましょうか」

おこんの問いに磐音は小さく頷いた。

「奈緒様ならば必ずやこの難儀も乗り越えられましょう。一八さんの山形行きまでには一月《ひとつき》近くございます」

「なにをなしたものか」

「奈緒様が待っておられるのは、おまえ様の援《たす》けにございましょう」

「この時節、小梅村を空けられるはずもない。また奈緒どのがそのような振る舞いを喜ぶとも思えぬ」

　磐音は一度山形の奈緒のもとに行ったことがある。吉原会所の四郎兵衛の要請を受けてのことだ。むろんおこんも承知の旅だったが、奈緒は磐音に会おうとはしなかった。

「文をお出しなされませ。一八さんは一八さんとして、おまえ様は早飛脚で奈緒様を激励してくださりませ」

「それがしの文とな。なんぞ役に立とうか」

「それ以上のものはございますまい」

　夫婦の会話に速水左近も由蔵も口出しできなかった。その場にある二人は奈緒が磐音の許婚であったことも、豊後関前藩のお家騒動が磐音と奈緒の仲を引き裂き、肥前《ひぜん》長崎の島原遊郭に始まる遊女暮らしの流転のあと、奈緒が江戸の吉原で遊女の頂点の太夫に昇りつめたことも、紅花問屋の前田屋内蔵助に落籍されたことも、およそのことは承知していた。

「考えてみよう」

「思案なさることはございますまい」

おこんの言葉は淡々としていた。

奈緒が前田屋内蔵助の落籍を受けたのは、磐音への想いを絶ち切るためだとおこんは考えていた。だが同時に、遠くに離れれば離れるほど、未練が募ることも女心だと承知していた。

二人の女はそれぞれ違った人生を歩んだ末に、おこんは磐音と結ばれたのだ。そして、奈緒にもおこんにも子がいた。

今、奈緒の亭主内蔵助が亡くなったと聞かされたとき、おこんは奈緒の心中を改めて慮《おもんぱか》った。

（磐音様の励ましと慰めこそ、奈緒様がいちばん欲しておられるものではないだろうか）

そうおこんは確信していた。

「お節介とは承知しておりますが、坂崎様、おこんさんの言葉のとおりかと存じます」

由蔵の忠言に磐音は頷いた。

「先生、東西戦の仕度が整いましてございます」

稽古着姿の磯村海蔵《いそむらかいぞう》が庭先から声をかけた。

「ご苦労であったな」

海蔵に応じた磐音は立ち上がり、母屋を出て道場に向かった。しかし、速水左近と由蔵は、前田屋内蔵助の死と奈緒の行く末を案じたのか、その場に残った。

母屋から尚武館への移動の間に磐音は気持ちを切り替えていた。奈緒から霧子へだ。

この日の東西戦は七十八人が参加して行われた。だれが第一位かを決めるものではない。日頃の研鑽《けんさん》を門弟同士が確かめ合うのが狙いだった。

見物衆もそれなりにいた。神保小路の尚武館佐々木道場時代の門弟の姿もあり、磐音にはなんとも懐《なつ》かしく、その挨拶と応対に追われた。ために東西戦の審判は師範の依田鐘四郎が務めることになった。

「一番手、両者、前に」

一番手は速水杢之助と本立耶之助の対戦で、近頃急速に体が大きくなり力をつけてきた杢之助だが、豊後の一部にのみ伝わるという府内柳生流を父から伝授された本立耶之助とは技と力の差が歴然と思われた。

「師範、お許しくだされ」

「なんじゃ、杢之助」

「本日の東西戦の全勝負、長屋に眠る霧子さんに捧げたいと思います。宜しゅうございますか」

辰平らに忠言されての行動だった。だが、杢之助にも霧子に対して、速水家の危難を救ってくれた女性《にょしょう》という特別な想いがあった。一年前の冬、杢之助、右近の兄弟は磐音に連れられ、甲府勤番を終えた父左近の帰路を警護する旅に出た。田沼一派からの襲撃を阻《はば》むためだ。その折り、陰で速水兄弟を手助けしてくれたのが霧子だった。その霧子が今、反対に田沼一派の手にかかり、生死の境をさ迷っていた。それだけに杢之助は自らの感謝の気持ちが霧子に届いてほしいと思った。そしてなにより、正気を取り戻し、いつもの霧子に蘇ってほしいと願っていた。

「よし、霧子の心に届くよう研鑽を見せよ」

「はっ」

と畏まった杢之助が、

「霧子さん、われらが勝負、ご覧あれ！」

と長屋に向かって大声で叫び、耶之助ともども一礼し、対戦が始まった。

杢之助は粘り強い守りで年長者の本立耶之助の攻めを凌《しの》ぎ切り、耶之助が攻めを緩めた隙《すき》を突いて面を奪い、第一番目の勝者となった。

予想外の勝負だった。

ために道場が沸いた。そのせいか三十九組の対戦のいずれにも面白味があった。

磐音は、門弟たちの力と経験を勘案し、ようもかような組み合わせを作ったものよと、辰平、利次郎らの見方に教えられた。

この二人はそれぞれ辰平が福坂俊次と、利次郎は尾張徳川家家臣馬飼十三郎《うまかいじゅうざぶろう》と対戦した。辰平と俊次では実力に差があった。なにより両者が目指す剣風が異なった。片や剣者を目指し、修羅場《しゅらば》も数多く潜り抜けていた。片や豊後関前藩六万石の藩主としての胆《たん》を練るための剣の習得を願っていた。

力の差は歴然だが、俊次が、

「わが力を見よ」

とばかりに正面から踏み込んでいったので、辰平がこちらも小技を使うことなく受けて、見応えのある攻防になった。だが、体が崩れたところを辰平に指摘さ

れるように叩かれた俊次が、

「参りました」

と潔く負けを認めた。

霧子の右手が布団から出ているのを品川幾代は認めた。

(いつの間に)

幾代は、師走ですよ、寒さの盛りです、と言いながら霧子の手をとり、布団の中に入れようとした。

(おや、いつもより温かいような)

しばし霧子の手をわが両手に挟んで、じいっと温もりを確かめていた。すると微かに、どくどくと脈を打つ音がした。

(たしかに力強い)

幾代は霧子の手を布団に入れると、格子窓を開いた。すると女衆が庭の片隅で糯米をいつでも蒸せるように洗っていた。そして、季助と白山が熾した火の番をしていた。かたわらに武左衛門と修太郎父子がいた。

(あの倅どのも落ち着くであろう)

視線を転ずると庭越しに道場が見えた。

東西戦は順調に進行しているらしく、勝負がつくたびに歓声が沸いた。そして、いつしか見物の衆が五、六十人に増えていた。

(霧子さん、あなたを励ます東西戦ですよ)

と霧子を振り返ると、また手がわずかに布団から出ていた。

「そなたも皆のところで見物したいのではありませんか」

と話しかけると、一回り小さくなった顔に赤みがさして、まるで生まれたての赤子のような純真無垢《むく》の顔が、幾代になにかを訴えているように思えた。

霧子の途切れ途切れの夢は続いていた。同じ夢が何べんも繰り返されることもあり、時に中断して、突然霧子を夢現の世界から異界へと連れ去った。

茫漠とした白い原が広がっていた。

弘法大師の聖地、内八葉外八葉は白一色の中にあった。姥捨の郷は雪に包まれていた。

霏々《ひひ》と降る雪は紀ノ川《きのかわ》に流れ込む丹入川の両岸を包み込み、細い流れから冷気が上がっていた。

不意に白い原に鮮血が迸《ほとばし》り、白を赤に染め変えた。

「なにをしておる、霧子。この郷を去るときぞ！」

雑賀衆下忍の一人が霧子に呼びかけた。

雑賀泰造に率いられた下忍の一族は安寧平穏な郷を出て、再び俗界に舞い戻るという。

その前に殺戮《さつりく》があった。頭の雑賀泰造らは同胞《はらから》の雑賀衆を襲い、金品を奪い、抵抗する者を斬り殺した。

（なんということを）

幼い霧子は、雑賀泰造一味に従うのは嫌だと思った。

（逃げるのよ）

女の声がした。

おっ母さんの声だ、と思った。

姥捨の郷で母を持たぬ子は霧子だけだった。

逃げよう、そして、雑賀衆下忍が去った後にまたこの郷に戻ってこよう。

霧子は独り雪の原をさ迷い、逃げた。丹入川を越え、逃げ切ったと思った。藁《わら》沓《ぐつ》の足が凍《こご》えて、動きが鈍くなった。どこかに身を潜めなければ、と霧子が考えたとき、手をぐいっと摑まれた。

「お頭」

「わしから逃げることは叶わぬ」

と雑賀泰造の大きな顔が宣告した。


東西戦は終わった。

東軍の二十勝十九敗という接戦であった。

尚武館坂崎道場が沸いて、見物の衆にも満足の表情があった。

いつの間にか見物の中に桂川甫周国瑞と中川淳庵の顔も見えた。

松平辰平が見所に一礼すると、熱戦が続いた道場に進み出て、

「餅搗きの前に今一番、道場主坂崎磐音と門弟重富利次郎による直心影流奥義法定四本之形伝開の披露がございます。打太刀坂崎磐音、仕太刀重富利次郎！」

と凛《りん》とした声で宣《せん》すると、道場の興奮が一瞬にして鎮まった。

神保小路時代の古い門弟衆には、

「なにゆえここで秘伝の披露をなすか」

と考えた者もいた。

磐音も利次郎も木刀ではなく真剣を携えていた。

見所の神棚に一礼し、その場の一同に一礼すると、師弟は庭の向こうの長屋に向け、正対した。

「わが弟子にして娘の霧子にもの申す。そなたが正気を失うて早二月、われら一同、そなたが本心に立ち返ることを日々祈願して参った。坂崎磐音、三七二十一日の満願の日に直心影流奥義を披露して、そなたを呪縛する障害を打ち払う。奥義の相伝をそれがしに許し賜《たも》うた亡き養父佐々木玲圓も、戦いに倒れ傷ついたそなたの回復のために奥義披露をお許しあろうとそれがしは信ずる。ご一統様、霧子に捧げる直心影流奥義法定四本之形の披露、とくとご覧あれ！」

朗々とした声が道場から庭を伝って霧子の臥《ふ》す長屋に届いた。

磐音と利次郎が対決の構えについた。

「一本目の形、八相」

辰平の声で、厳粛にも打太刀の動きに和して仕太刀が動く、見事な形の八相が披露されていき、見る人を釘付けにした。

磐音が正眼につけた、尚武館道場の護り刀の五条国永から左手を離し、親指と人差し指を軽く伸ばし、残る三指は軽く閉じて国永の鎺《はばき》に添え、左から右へと、両手を日輪の昇るが如くに半円を描いた瞬間、まばゆいほどの光が奔《はし》って長屋へと飛んだ。

品川幾代は長屋に熱気とも霊気ともつかぬものが押し寄せるのを見た。すると霧子の体が布団を持ち上げてぶるぶると痙攣《けいれん》した。

幾代は金縛りに遭ったようにただ霧子の様子を見ていたが、がばっと霧子の体に抱きつき、自らを霧子の体に預けた。

道場ではゆるゆると厳かに極意の披露が進行していった。

八相から一刀両断へと移り、さらに右転左転へ進み、最後の長短一味に入った。この四本目の形は声もなく進み、仕太刀が押し、打太刀が一足下がって受ける。緩やかな動きだが二人の息はぴたりと合い、張りつめた気が漂っていた。

打太刀仕太刀ともに右半身に構えて刀を水平にし、双方ともに左足から存分に踏み込んで互いが脇の下を突いた。

さらに双方が突いた刀を左へと回しながら上段に振りかぶり、仕太刀の重富利次郎が右足から踏み込みながら、

「や、えーい」

と裂帛《れっぱく》の気合いを発した。

利次郎の声が霧子の痙攣を止めた。

幾代は体を抱きながら、眼は霧子の動きを凝視していた。

顔に赤みがさし、微笑が浮かんだように思えた。

道場では磐音と利次郎が一礼し合い、打太刀たる磐音が仕太刀たる利次郎の刀を受け取った。五条国永と一緒に揃え、切っ先を下にして小脇に抱えた磐音が利次郎を従え神前に進むと、二振りの抜き身を捧げて納め、拝礼した。

幾代は見た。

ぱっちりと霧子が両眼を開けた瞬間を。

霧子の眼がさ迷い、幾代を捉えた。

「き、霧子さん」

その声に霧子が微笑で応えた。しばらくの沈黙の後、痩《や》せた霧子の体から自らの体を離した幾代が叫んだ。

「霧子さんが眼を覚まされましたぞ！」

幾代の高らかにも誇らしげな声が小梅村じゅうに響いた。

拝礼をし終えた利次郎が磐音を驚きの顔で見た。

磐音の顔に満足げな笑みが浮かび、

「利次郎どの、そなたの顔を霧子に見せてやりなされ」

と許しを与えた。

「ようございますので」

「霧子が待っておるのはそなたじゃ。行きなされ」

「はっ、はい」

利次郎が道場から飛び出すのを、一同が黙って見送った。

磐音は桂川甫周国瑞と中川淳庵の二人の友と視線を交わらせ、無言で、

（お蔭《かげ》さまで霧子が蘇りました）

と礼を述べた。

第三章　師走奔走

一

この日も道場では利次郎が大声を出して張り切り、

「辰之助、稽古をいたそうか」

と積極的に相手を見つけようとした。

稽古と稽古の合間のことだ。

「はっ、はあ」

「なんだ、その返事は。なんぞ都合が悪いのか」

「いえ、そうではありません」

「ならば稽古をしたくない理由はなんだ」

竹刀を持った手で神原辰之助が利次郎を差した。

「なんだと、おれでは不服と申すか」

「そうではありませんよ。近頃の利次郎さんはしつこい上にびしりびしりと脳天にこたえる、力ずくの面打ちを多用する。まともに食らうと、その後、一日頭痛が止まりません」

「己に甘いのが剣術の上達にはいちばんいかぬ。そうでございましょう、師範」

と矛先を向けられた依田鐘四郎が、

「利次郎、忌憚《きたん》のないところを言わせてもらえば、いささか過剰に張り切っておるように見受けられる。そなた、腕力が人一倍強いということを承知しておらぬのか。若い連中をもそっと労《いたわ》れ」

「おや、労れとは。互いがとことん力を出し切って稽古するのが道場ではございませぬか」

「おぬしの申すとおりだ。加減しろと言うておるのではない。己を知り、相手の力を知った上で稽古をせよと言うておるのだ。今に稽古相手がいなくなるぞ」

「師範もさように考えておられますか」

「まあな」

ふーむ、と利次郎が考え込んだ。かたわらから田丸輝信が、

「師範、霧子が昔どおりに元気になれば、利次郎の興奮も少しは落ち着きましょう。このところ異常に上気して気が高ぶっておる。まるでさかりのついた野良犬だ」

「田丸、おれがさかりのついた野良犬か」

「譬《たと》えだ。気持ちも分からぬではないが、ああ、張り切られるとな、相手もし難い」

「ふーむ」

「霧子さんとは話されましたよね」

辰之助が利次郎の気持ちを逸《そ》らすように尋ねた。

この日、磐音は辰平を伴い、紀伊藩の江戸藩邸に教えに出かけていた。今年最後の指導日だった。ためになんとなく小梅村にも長閑《のどか》な雰囲気が漂っていた。

霧子が意識を取り戻して四日が過ぎていた。

あの日、当代の名だたる蘭医桂川甫周国瑞と中川淳庵が揃って霧子の診察を入念に行い、すでに餅搗きの始まったところに戻ってきた。

「ただ今、おこんさんが霧子さんの体を拭いておられます。二月《ふたつき》も正気を失って

いたのに、ようもあの程度の衰弱で留まりました。霧子さんの心身、尋常ではございませんな」

中川淳庵が磐音らに驚きの表情で報告した。

「正気が戻ったのですね」

「気持ちも言葉もしっかりとしたものです。なにやら生まれ変わったような霧子さんです。並みの女子ならあの毒矢に当たった折りに絶命しておりましょうね」

「霧子は雑賀衆の下忍に育てられましたゆえ、尋常な体の造りではございますまい。どのような状況に陥っても必ず蘇生するという強い力を五体に秘めておるのでしょう」

と磐音が答えるのへ、国瑞が、

「とはいえ、筋力も衰えていれば、五臓もだいぶ働きを失っております。二月もの間、眠りに就いて衰弱した体です。同じ時をかけて心身の力を蘇らせることです」

と助言した。

あの餅搗きの日から二日目には、霧子は密かに部屋の中で伝い歩きを始めていた。だが、それはだれもいない折りのことだ。そして、おこんに、

「もはや厠《かわや》には独りで参れます」

と付き添いを断ったという。

辰之助が利次郎に、

「霧子さんは二月の間のこと、なにも覚えておられぬのですか」

と訊いた。

「それが夢ばかりを見ていたそうな」

「利次郎さんのことは」

「そのようなことが訊けるものか」

「だめですか」

「でもな、霧子の眼差しがえらく優しいのだ。別人ではないかと疑るほどにな。むろんそれがしだけにではないぞ。若先生にもおこん様にも早苗さんにもな」

まだ霧子と面会できるのはごくごく親しい人間に限られていた。そこへ早苗が通りかかり、

「いえ、利次郎様への霧子さんの眼差しは格別ですよ」

と会話に入り込んだものだ。

「ほう、それはそれは」

依田鐘四郎が言った。

「なぜだ」

田丸輝信が利次郎にわざと訊いた。

「さあ、どうしてかのう」

「とぼけおって」

意識を蘇らせたあの日、道場から駆けつけた利次郎は霧子に会った。

かたわらには品川幾代がいるだけだ。

利次郎は長屋の油紙を張った腰高障子を閉じると、そおっと寝間を見た。

霧子は幾代から水を飲ませてもらっていた。

利次郎は板の間から寝間の敷居を跨ぎ、霧子の顔を見下ろした。うなじが白く、体が一回り小さくなっていた。それを見ていると思わず眼が潤んできた。

霧子の視線が利次郎を捉えた。

利次郎の霞《かす》む眼に霧子の顔が映った。

「よう戻ってきた」

「ただいま」

と霧子がか細い声で言った。

どさりとその場に腰を下ろした利次郎は、

「よかった」

と呟いた。

幾代が水差しを手にそうっと長屋を出ていった。二人きりにするために気遣ったのだ。それから四半刻、利次郎は霧子のかたわらで過ごした。

「ともかくだ、霧子が蘇ったとはいえ、利次郎が張り切るのにもほどがある。もそっと若手新入りには加減をいたせ」

「輝信、尚武館のよきところは時と場所、相手次第で自在の稽古をなすことかもしれぬな」

「師範、そうでございましょ」

とにんまりとした田丸に、

「稽古を再開するぞ。輝信、利次郎の相手になってやれ。神保小路時代からの稽古相手だ、手加減は要らぬな」

依田鐘四郎が輝信に言い、

「えっ、それがしがさかりのついた利次郎相手に稽古ですか」

と愕然として肩を落とし、利次郎がにんまりした。

ともあれ霧子が長い「眠り」から覚めたことで、小梅村の尚武館坂崎道場はいつもの日常を取り戻していた。

この日、赤坂御門内の紀伊藩江戸藩邸に指導に出向いた磐音は、稽古が終わったあと、用人佐沼久左衛門《さぬまきゅうざえもん》の御用部屋に呼ばれ、

「来年も宜しゅう願い申す」

との挨拶を受けて、剣術指南の役料を初めて頂戴した。

二十五両の包金が六つ、百五十両が半年分の報酬で、来年は夏の終わりと師走の二度支払われるという。つまり三百両が紀伊藩の剣術指南料ということになる。

「佐沼様、有難く頂戴します」

と受けた磐音は、

「ご家来衆の剣術稽古の習わしは徐々に根付いたように思えますが、いかがにございますな」

「静かなる剣術熱と評してよかろう。近頃では御番衆のような武官ばかりか、勘定方のような事務方にも道場に通う者が出てきた。これはこれまでになかったこ

とでな。腰の刀は飾りにすぎぬ、軽ければ軽いほうがよいなどと武士に非ざる言辞を弄していた者が道場に姿を見せるようになったのは、坂崎磐音どの、そなたの力にござるよ」

「いえ、それがしはきっかけを作っただけにございます」

「西の丸様の剣術指南であったそなたの武名は、われらが考えておった以上に大きゅうござった。これまで剣術の指導をしてきた教授方も大いに奮起なされたでな、殿も時折り道場に見えられておろう。過日も家臣の技量総体が急速に向上したと喜んでおられた」

「元々紀伊藩は文武に有為な人材が集まっておられます。最前も申しましたが、それがしの役目はその方々の気持ちを少しばかり奮い立たせたにすぎません」

「いや、坂崎磐音どのはだんだん佐々木玲圓先生の域に近付いておると、佐々木先生を知る教授方が噂しておるほどじゃ」

「養父とは未だ雲泥《うんでい》の差にて、生涯かけてその背を見ることができるかどうか」

磐音は正直な気持ちを吐露した。

「いや、それがしな、小梅村の餅搗きの折りにそなたが女門弟の病回復のために直心影流奥義の法定四本之形を門弟の前で披露したと聞き、最初はなんとまあ大胆なことよと驚いた。だが、そなたが門弟相手に演じた様子を聞いて、すでに極意のなんたるかを承知した者ゆえできる芸当と感じ入った。剣術各流派は一子相伝、門外に秘なる内緒ごとが多い。そのくせ、その教えは杳《よう》としてわけのわからぬ言辞を連ねたものばかりじゃそうな。つまりは剣術も稼ぎの道具と心得ておるゆえ、さように秘密にしてきた。そこもとはあっさりと剣術界の禁忌を打ち破られた。新しい剣術は小梅村から生まれつつあると、噂が立っておるそうな。むべなるかなじゃ」

「佐沼様、過分なるお言葉にございます。来年はそのお言葉に報いるように、なお一層精進して剣術指南方を務めますゆえ、宜しゅう願います」

磐音は一礼して紀伊藩江戸藩邸の用人の御用部屋を辞去した。

四谷御門から辰平の櫓で猪牙舟に乗った磐音は、御堀から町屋の麴町《こうじまち》界隈の歳末の風景に眼を留めた。

河岸道を三河万歳《みかわまんざい》の装束の者たちが往来し、どこからともなく餅搗きの音が響いて年の瀬の慌ただしさと長閑さが感じられた。

「若先生、天明三年もあれこれございましたね」

「父と母が江戸に出て来られたことは驚きであった」

と答えながら磐音は、鎌倉東慶寺《とうけいじ》にいるお代《だい》の方《かた》のことが脳裏に浮かんだ。そして、豊後関前藩を揺るがす騒動になんと田沼一派が糸を引いていたことや、それに絡《から》んでお代の方の仏門への帰依《きえ》があったことを思い出していた。そして、

(年の内に実高《さねたか》様にお目にかかれようか)

と考えた。

「霧子が正気を取り戻してくれたのが、利次郎のみならずわれらにとって大きな出来事にございました」

「いや、一時《いっとき》はだれもが案じたであろう。霧子を死なせては師匠の弥助どのにも相すまぬ」

磐音の返答に辰平が大きく頷いた。

「福坂俊次様は霧子の怪我を己の責任《せめ》と考えられ、だれよりも案じておられました」

「そうであったな」

「若輩のそれがしが申すのもなんですが、豊後関前藩にたしかな跡継ぎができました。俊次様は聡明にして素直なお方です。必ずや家臣や領民に慕われ、後世に名を残す藩主になられます」

辰平が珍しくも長広舌《ちょうこうぜつ》し、さらに、

「災い転じて福となすと言いますが、利次郎と霧子の間柄がぐっと縮まったのがなによりでした」

とも言い足した。

磐音は辰平の言葉に、俊次の今後や利次郎と霧子の行く末を考えた。

俊次が聡明な青年であることは十分承知していた。まだ実高も壮健ゆえ俊次を次の藩主として教育する時間も持てた。ゆえにきっと立派な大名家当主になると確信した。

もう一方の若い二人が所帯でも持つようになったら、なんとか生計《たつき》の道を考えねばなるまい、いや、これはそれがしの考えることではないか、と磐音は思い直したりした。

利次郎は土佐藩山内《やまのうち》家の家臣の次男であった。部屋住みで本来ならば九代目藩主山内豊雍《とよちか》との対面など考えられなかった。

だが、磐音が一家を率いて江戸に戻った折り、重富家に利次郎を道中帯同したことを詫びに行った。すると、豊雍が望んで重富百太郎《ひゃくたろう》、利次郎父子と磐音を引見した。その折り、家中に利次郎の婿養子先を探すとの処遇を豊雍自ら口にしたことがあった。が、利次郎は即座に断っていた。むろん霧子のことが念頭にあったからだ。

なにか進展があれば、山内豊雍様にご相談申し上げるのがいちばんよいことじゃな、とこちらはそう決心した。

それよりも積み残した懸案があることを考え、気を引き締めた。

第一に老中田沼意次、若年寄意知父子との確執が、尚武館坂崎道場と磐音の前に立ちはだかっていた。

意知が奏者番から若年寄に昇進したことで、幕閣から大奥まで田沼父子の影響力が頂点に達し、抗《あらが》う者はだれ一人としていなかった。

(どうしたものか)

と磐音が案じたところでどうにもならぬことは分かっていた。だが、同時に世の理《ことわり》が脳裏に浮かんだ。

藤原道長の娘彰子《しょうし》と研子《けんし》が皇太后に、さらに威子《いし》が後一条《ごいちじょう》天皇の中宮になったために、道長は天皇の外戚として頂点を極めることになった。

「この世をば　わが世とぞ思ふ　望月の　虧《かけ》たることも　なしと思へば」

道長が宴を催した折り、その場にあった藤原実資《さねすけ》に返歌を求めたが、実資はこれを辞退し、代わりにこの道長の歌を皆で繰り返し吟詠《ぎんえい》したという。

返歌を拒んだ実資が無言裡に道長の有頂天を諫《いさ》めたように、いったん満ちた月は虧るしか途《みち》はないのだ。

寛仁《かんにん》二年（一〇一八）の出来事に倣い、時節を待つ、これが磐音の決断だった。

あとは出羽国山形にある奈緒一家のことだが、手を差し伸べようにも何百里もの雪道が立ち塞《ふさ》がっていた。

辰平の漕ぐ猪牙舟はゆるゆると師走の江戸の町並みを眺めながら下っていった。

霧子が意識を失い、眠りに就いていた間、利次郎をできるだけ霧子のそばに残すように磐音は手配した。ために辰平と紀伊藩の指導に行くことが多くなっていた。

「若先生、年内に一度屋敷に戻りたいのでございますが」

辰平に乞われた磐音は、自らも、年の内に東叡山寛永寺《とうえいざんかんえいじ》の一隅にある佐々木玲圓とおえいの隠れ墓所に墓参に行こうかと考えた。そして、時が許すならば、豊後関前藩江戸屋敷に実高を訪ねようと考えた。

「出かける用事がなくもない。だが、辰平どの、それがし独りでなすことじゃ。稲荷小路に戻られよ」

と応じた磐音は、

「辰平どの、そろそろ筑前博多《ちくぜんはかた》から文があってもよい頃じゃからな」

松平辰平は福岡城下に逗留《とうりゅう》した折り、博多の大商人箱崎屋次郎平《はこざきやじろべい》の末娘のお杏《きょう》と知り合い、相思相愛の間柄であることを磐音はとくと承知していた。

「なにも博多には変わりはござらぬか」

「は、はい」

と辰平が言い淀んだ。

「お杏どのは江戸に出て来られるようなことはないのかな」

しばし返答を迷った辰平が、

「お互い迷うております。若先生とおこん様に相談しようと前々から考えておりましたが、霧子のこともあり、言い出しかねておりました」

辰平の返答に磐音も沈思した。

「相分かった」

と答えた磐音は今津屋に立ち寄ろうと思い付いた。昨夜おこんと話し合った一件とも関わりがあった。

「辰平どの、今津屋どのに師走の挨拶をして参ろうと思う」

「ならば浅草御門に舟を着けます」

神田川の流れをゆっくりと猪牙舟は下っていった。

磐音は両岸の風景を眼に留めながら、あれこれと考えが浮かんでくるのを面白くも感じていた。

「辰平どの、師走とはどのような月であろうかな」

「はっ、なんでございますか」

「辰平どのの、今年もあれこれとあったという言葉に誘われたか、あれこれと思いが尽きぬ。坂崎磐音、老いた証《あかし》かのう」

磐音の独りごとのような呟きに、辰平は応える言葉が見付からなかった。

二

江戸の両替商を束ねる両替屋行司の今津屋は、いつにもまして店先が混雑していた。

天明三年の師走も残り少なくなり、信州の浅間山《あさまやま》の空前の大噴火もあって関八州《かんはっしゅう》から陸奥一円にかけて大飢饉に見舞われていた。とにかく東国は米が全くといってよいほど穫《と》れなかった。前年には西国が凶作で、陸奥一円の諸藩は米を上方《かみがた》、江戸へと回送していた。そこへ浅間山の大噴火だ。

米が高騰し、打ちこわしが頻発していた。

だが、消費地である江戸、大坂より生産地の各藩のほうが被害は甚大で、津軽藩では餓死者八万人余、領地の六割以上の田圃《たんぼ》が荒廃し、百姓は逃散《ちょうさん》した。ためは江戸をはじめとした城下に流亡者が押し寄せ、米屋などの打ちこわしが続発した。

幕府では十一月に入り、上野《こうずけ》、下野《しもつけ》、武蔵《むさし》、常陸《ひたち》、信濃《しなの》の五国に、続いてすぐに日本国じゅうに一揆の取締りを命じたが効き目はなかった。

当然、両替相場も米相場も乱高下した。

今津屋の店頭に押しかけた客たちの血相も変わっていた。

磐音は辰平を伴ったまま、店の前で躊躇《ためら》っていた。商いの修羅場に師走の挨拶もなかろうと思ったからだ。

そのとき、磐音の肩がぐいっと押され、

「小金屋《こがねや》どの、ささっ、中に入れ」

と武張《ぶば》った侍が、ちゃらりとした形《なり》の町人を先導して客の群れを強引に分けて通ろうとした。

「おいおい、順番ですよ。これでも列になっているんですから後ろについて」

と注意した順番待ちの客を侍がじろりと鋭い眼光で睨んで黙らせた。頭巾《ずきん》で面体を隠し、こちらにも大きな体の家来が一人従っていた。

侍の上役と思《おぼ》しい仲間が磐音らのかたわらに残った。

「蔵前《くらまえ》の札差《ふださし》の店も血相が変わっておったが、こちらも殺気立っておるな。どけどけ、町人ども」

客の群れを分ける侍が嘯《うそぶ》いた。その侍に小金屋どのと呼ばれた町人は歌舞伎役者が着るような派手な絹物を羽織り、師走というのにきらきらと光り輝く金の留め金の付いた扇子《せんす》をこれ見よがしに煽《あお》ぎながら、

「さすがは両替屋行司のお店どすな。活気があるやおへんか」

と店の中を見渡した。二人は他の客を掻《か》き分け、強引に帳場格子《ちょうばごうし》の由蔵の正面に立った。

「ちょいと、番頭はん、わての手形を換金しておくれやすな」

扇子を閉じて後ろ襟に差し、片手を懐に突っ込んだ。

「かように混雑しております。恐れ入ります、順番でお願い申します」

由蔵が願った。

両替屋は本両替と銭両替の二つの区分けがあった。

本両替は旧貨などを町から回収し、金座、銀座に引き渡した。ために幕府の金融機関でもある金座に近い本両替町《ほんりょうがえちょう》や駿河町《するがちょう》にあった。

だが、両替屋行司の今津屋は米沢町《よねざわちょう》にあって、金、銀、銭と三貨が混じり合う売買両替のほかに、幕府、大名家の貢租《こうそ》など公金を扱い、為替《かわせ》、預金、貸付など、ただ今の銀行にあたる金融業務を行っていた。つまりは本両替であった。

小金屋なる上方訛《なま》りの男は手形の交換を願おうとしていたが、由蔵にあっさりと断られた。

本両替商の今津屋が年の瀬とはいえ、店じゅうが大混雑しているのには理由があった。本両替のほかに銭両替も行っていたからだ。

銭両替は銭を金銀に両替する小両替と銭を売買する銭両替の二種がおおきな業務であった。

本両替が幕府や大名諸家とつながる大資本の金融なら、銭両替は庶民と密接につながる小資本の両替屋といえるだろう。

「おう、大番頭さんの言うとおりだよ。だれもが年の瀬で焦ってるんだ。横から割り込むことはねえぜ」

列に並んでいた客も由蔵に呼応した。

「お客はん方、えろうすんまへんな。わて、急いでおるんどすわ。米の相場は一瞬遅れたら何百両何千両の損や。有象無象《うぞうむぞう》の小銭両替のああた方とはいささか事情が違うんどす」

「なにっ、てめえ、有象無象と言いやがったな。いってえ、だれのことだ」

「決まってますがな。あんたらのことやおへんか」

「てめえ、ちゃらちゃらした形で好き放題ぬかしやがったな。勘弁ならねえ」

緡《さし》という紐《ひも》に一文銭を千枚通した一貫文を六、七貫抱えた男が言った。

五千余枚で一両が相場だ。

この男、一分金か小判に銭両替に来たのだろう。本両替の客である幕府役人や馴染みの大商人は店座敷に通される。だが、小金屋と名乗った男は初めての客だった。

「どうしはるんどす」

上方訛りの男がせせら笑うと、強引に先導してきた侍が一貫文の束を重たそうに下げた男の緡紐を小柄《こづか》で切り払った。ために銭が大勢の客の足元にばらばらと散らばった。

「なにしやがんだ」

「大人しくしておれ」

縄を切った小柄を客の喉元に突きつけた侍が、

「小金屋どの、用事を早く済まされよ」

と願った。

「ほなら、そうさせてもらいます」

小金屋なる男が由蔵を見た。

「小金屋さんとは、どちらの小金屋さんですな」

「どちらでもよろし。為替手形を換金しておくれやす。ちょいと急いでおりますんや」

「上方の商いがどのようなものか知らぬわけではございません。ですがここは江戸にございます。順に願いましょうかな。それが嫌ならば本両替町に行ってよそをあたってもらえませんか」

「わての手形の換金は、こちらにとって大変な手数料や。それでもわてを追い返すと言われますんか」

「いかにもさようどす」

由蔵が昔上方で習い覚えた訛りで応じると胸を張った。

「わての出番は終わりました」

小金屋なる男が侍のほうを向くと、磐音のかたわらの仲間二人のうち一人も動こうとした。残る一人の頭巾で面体を隠した上役らしき者は、じっと立ったままだ。

そのとき、辰平が動こうとした侍の手首を握って捻《ひね》り、

「大勢の人の前で無法はおよしなさい」

と囁《ささや》いた。

振り返った侍は横幅が辰平の二倍もあろうかという巨漢だったが、辰平のほうが二、三寸ほど背が高かった。その侍が辰平を睨んだ。

「痛い目に遭わぬうちに手を離せ」

握られた手に力を籠めて振りほどこうとした。だが、辰平はびくともせず、関節をとられた巨漢の手首に痛みが走った。

「およしなされ。騒ぐと手首が折れます」

磐音はその騒ぎをよそに、笑みを浮かべた顔で上役を牽制《けんせい》した。見返した相手

の顔が訝しげな表情に変わった。

「そなたは」

「承知にござるか」

「尚武館の坂崎磐音か」

「いかにも」

舌打ちした武家が、

「小金屋どの、吉川十三郎《きちかわじゅうざぶろう》、引き上げじゃあ」

と由蔵の前の二人に向かって叫んだ。

刀の柄に手をかけた吉川が振り向いた。

そのとき、辰平に利き腕の関節を取られた侍が、もう一方の手で辰平の脇差を抜こうと企てた。

その動きを察した辰平が間を空けるように下がりながら身を回転させ、手首を捻り上げた。

絶叫した相手の巨体が鮮やかに宙に舞い、派手に表通りの地面に叩き付けられた。

げえぇっ

と呻《うめ》き声が上がった。

「おのれ」

吉川十三郎が向きを変えて辰平へと突進し、磐音と会話を交わした武家の間を抜けようとした。すでに手は刀の柄にかかっていた。

磐音の腕が吉川の腕を押さえると、相手を腰に乗せ、こちらもあっさりと投げとばした。

どさり
と辰平の転がした相手のかたわらに吉川も落ちた。

「ど、どないしやはったんや、大槻《おおつき》はん」

小金屋と呼ばれていた男が手に手形を握り締めて飛び出してきた。

「相手が悪い」

「相手が悪いやなんて、どういうことだす。今津屋に行けばなんとかなると言うたやおへんか」

「他をあたろう」

「なんやて、江戸やいうても本両替はぎょうさんありまへんのや」

「分かっておる」

頭巾がちらりと磐音を見た。

「そなた様は」

磐音の問いを無視した頭巾の武家が、よろよろと立ち上がった二人の家臣を睨みつけて、

「小金屋、他をあたる」

未練気な小金屋を連れてその場から四人は去っていった。

今津屋前の騒ぎは鎮まった。だが、店の混雑が消えたわけではない。磐音は由蔵と眼を合わせ、

（またの機会に伺う）

と意を伝えた。すると由蔵が店座敷を指すような仕草で、

（しばらくならばようございます）

と返してきた。

磐音と辰平は、今津屋の店と奥を仕切る三和土《たたき》廊下に身を入れた。人いきれがすうっと消えて、そこには師走の冷気が漂っていた。

磐音らは内玄関から勝手知ったる店座敷に通った。すでに由蔵の姿があって、

「最前から喉が渇きましてな、奥に下がろうと考えていたところです。茶番を取

り鎮めていただきまして有難うございました」

と礼を述べた。

「師走でござるな。だれもが殺気立つ。それにしても何者です」

「上方訛りの男ですか。どうせ米を安値で買い叩き、それを転売して莫大な利を稼いでいる手合いです。すべては今年七月の浅間山の大噴火がもたらした悪影響でございましてな、陸奥一円の大飢饉により米の値が上がっております。それでも奥州の大名家では、米が高値というので江戸になけなしの米を回送して売り抜けて利を得ようとしておられます。小金屋なる上方の商人と組んだ武家は、いずこかの大名家の勘定方か御米奉行あたりではございませんか。かような飢饉の年の瀬は、あのような手合いが蔓延《はびこ》り、持つ者と持たざる者に分けられる。その結果、一揆や打ちこわしが流行《はや》るというわけです」

由蔵が磐音に説明した。

「いや、お蔭さまで助かりました」

由蔵が改めて礼を述べた。

「本日は紀伊藩での今年最後の稽古にござってな、ふと思いついて年の瀬の挨拶に伺いました。あまりに多忙繁多の様子、また日を改めましょう」

と奥を見た。

「旦那様は為替御用達の集まりで出ておられます」

「新年に出向いて参ります」

「なんぞ御用があったのではございませんか」

「店先があのように混雑しておるときに、老分番頭どのに時間をとらせてはなりませぬ。小金屋と同じ無法者になりとうはござらぬでな」

「私も店の熱気からしばし逃れたいときもございます。そのような折りの雑談は気が紛れてようございます」

磐音は考えた末に、

「本日、紀伊藩より半年分の指導料を頂戴しました。百五十両でござった」

「年の報酬が三百両、大所帯を仕切るおこんさんにとって有難い金子にございますな」

「昨夜、おこんと相談したことですが、このうち、半金を山形に為替にて送ろうと思います」

「そういうことでございましたか。前田屋さんが亡くなられたとなれば、商いが傾き、幼子三人を抱えた奈緒様にとって、喉から手が出るほど有難い金子となりと由蔵が言い、磐音が応じた。

「女衒の一八さんが年明けの半ばには山形に発《た》つそうな。ゆえにそちらに金子を預けることもでき申す。じゃが、年の瀬一日でも早く為替で送ることができればと思うたのです」

「小梅村の内所は大丈夫でございますか」

「おこんと話し合いましたが、なんとか年が越せそうです」

「過日の餅搗きには神保小路時代の門弟衆も姿を見せておられましたな。だんだんと門弟が増えれば収入も増えます」

「剣術道場は利を生むことも金子を蓄えることも要りませぬ。皆が元気に暮らしていければそれでよいのです」

と答えながら、

(そうじゃ、甫周先生と淳庵先生への礼がまだであったな)

と思い付いた。

「また御用を思い付かれましたかな」

「おや、老分どのはそれがしの顔色も読み取られますか」

と答えた磐音に由蔵が告げた。

「まあ、桂川先生も中川先生も、小梅村から治療費を頂戴しようなんて考えておられませんよ。それより若狭小浜藩の殿様が速水左近様に会われる機会を小梅村につくられるほうが喜ばれましょうな」

「さすがは今津屋の老分どの、なんでもご存じにござる」

「いえ、過日、餅搗きの折り、お忍びで見えられるかなと、どなたかが仰《おつしや》っておられましたでな」

と笑った由蔵が、

「では、奈緒様に七十五両送る手続きをいたしましょうかな」

「願います」

「お預かりして早々に為替手形に組んで山形城下の両替屋に早飛脚で託します。雪がどれほど積もっておるかで、かかる日にちはだいぶ違ってきましょうが、正月半ばに江戸を出立《しゆつたつ》する吉原の女衒さんに託するより二十日は早く奈緒様の手もとに届きましょうな」

磐音は懐の包みから二十五両の包金を三つ出して由蔵に差し出した。

「店仕舞いした後に手続きをさせてください。ただ今受け取りを認《したた》めます」

由蔵が店座敷の片隅に用意された帳場机で受け取りを認めた。それを火鉢の火で乾かした由蔵に磐音が、

「筑前福岡城下の箱崎屋次郎平どのとは、今もお付き合いがございますか」

と訊いた。

「おお、それそれ」

由蔵が辰平を見た。

「ほう、なんぞ便りがございましたか」

博多の大商人の箱崎屋と今津屋は昵懇《じっこん》の間柄だった。ために定期的に商いをなしていることを磐音は承知していた。

「箱崎屋さん、春永《はるなが》になったら江戸に出て参られるそうな」

「商用でございますな」

「むろん箱崎屋さんほどの大商人が道中をなさるのです、商いもございましょう。書状の終わりに、京から江戸見物とわざわざ認めてこられました。お身内を伴うて江戸にお見えになるそうな」

由蔵の言葉に、辰平の顔がぱあっと明るくなった。

「松平様、お身内とは末娘のお杏さんにございますよ」

「たしかですか、大番頭どの」

「江戸に格別な用がおありになるのでしょうかな」

今津屋の大所帯を仕切る古狸《ふるだぬき》がとぼけた。

「はて、それがしには」

「覚えがございませんか」

由蔵の問いに辰平は返答を詰まらせた。

「師走によい知らせを頂戴いたしました」

と磐音は言い、

「辰平どの、あまり長居してもお店の邪魔となろう。そろそろお暇《いとま》しようか」

と辞去の挨拶をした。

猪牙舟が浅草御門の船着場を離れたとき、

「若先生、箱崎屋の主《あるじ》はお杏さんを伴い、江戸見物に参られるのですか」

「江戸見物は名目でござろうな。辰平どの、屋敷に戻ればその答えが分かるのではござらぬか」

磐音は箱崎屋のお杏が辰平の実家に宛てて文を頻繁に書き送っていることを承

知していた。だから、当然、箱崎屋次郎平が今津屋に宛てた書状の真の目的が、お杏の文には認められてあると思ったのだ。

「答えとはなんでしょう」

と辰平が呟いた。

「そなたの胸に浮かんでおることにござるよ」

磐音の言葉に辰平がしばし沈黙して考え込んだ。だが、櫓を操ることは忘れてはいなかった。

「利次郎は今後とも尚武館に寄宿すると言うております」

「さてな。土佐の殿様豊雍様も利次郎どのの処遇は考えておられると思うがのう」

「利次郎も霧子も小梅村を出ていくのですか」

「辰平どの、だれしも何処かに旅立つ、それが成長というものじゃ」

「それがしも、でございますか」

「江戸に参られたお杏どのと正直にお話しになればよい」

辰平はまた沈黙した。

櫓の動きが速くなり、

「春になるとお杏さんに会えるのですね」
と己に言い聞かせるように呟いた。

三

辰平は気持ちを櫓に託し、猪牙舟は船足も速く隅田川を遡上《そじょう》していた。
磐音が江戸城の方角を振り向くと、西の空が夕焼けに染まろうとしていた。
辰平や利次郎が巣立っていくのは不思議なことではなかった。
(不惑《ふわく》に手が届こうかというのもむべなるかな)
磐音は自ら重ねた歳月と若い門弟らの行く末を重ねた。
「若先生」
西空を見る磐音に辰平が声をかけた。
最前と声音が違っていると思いながら、辰平に視線を移した。
辰平の視線は前方、竹屋ノ渡し場付近を見ていた。
磐音は辰平の視線を辿った。
隅田川の河岸道をかぼそい体の霧子が杖《つえ》を頼りに歩いていた。そして、その後ろに弥助がいて、空也の手を引いた利次郎と白山が従っていた。

一行の歩みはゆったりとしたものだった。五、六歩進んでしばらく立ち止まった。

「霧子が独りで歩いておりますぞ」

「歩いておるな」

「雑賀霧子は不死身にございます。本心に戻ってわずか四日目にしてああして歩いております」

辰平の言葉に感動があった。

「いかにも不死鳥のように蘇ってくれた」

磐音は胸奥から喜びが湧《わ》き上がってくるのを止めようもなかった。

「霧子！」

寒の空に向かって叫んだ辰平の声が川面を伝わり響いた。だが、霧子は振り向こうとはしなかった。ただ一心不乱に歩いていた。

利次郎と空也が振り返り、

「父上、辰平さん」

と空也が叫び返した。

「辰平どの、舟を竹屋ノ渡しに着けよ」

「はっ」

と応じた辰平の櫓の動きがさらに速くなった。

それでも霧子は歩いていた。

一歩一歩、か細くなった足を前へと引きずるように進めていた。

霧子の鍛え上げられた、しなやかな筋肉は、おそらく半分ほどに減じていたろう。その分、体の重さも半分ほどになっていた。両足は細い体を支えるのが精一杯だった。それでもよろめき歩いていた。

霧子に戻るために体を動かすのだ。何処かに消えた筋肉を取り戻し、耐久力、瞬発力を蘇らすために雑賀霧子は歩いていた。

「霧子、先に行くぞ」

かたわらを空也の手を引いた利次郎が駆けていき、白山が従った。

だが、霧子はよろよろとした歩みを変えることなく前進した。その後ろを師が見守ってついていく。

辰平の猪牙舟が竹屋ノ渡しに着いたのと、利次郎、空也、白山が船着場に駆け下ってきたのがほぼ同時だった。

「父上、お帰りなさい」

「ただ今戻った。霧子は頑張っておるな」

「はい、霧子さんは精出しとるばい」

空也は小田平助の訛声《なまりごえ》を真似して言った。

磐音は舟を下りて霧子の到着を待った。

「霧子自らが言い出したのか、利次郎」

「辰平、決まっておるわ。あの頑固者の霧子が早戻ってきたぞ。嬉しいような、困ったような、なんとも複雑な気分じゃ」

利次郎が正直な気持ちを吐露し、

「あいつ、独りで正気を取り戻したと思うてはおるまいな」

と自問するように呟いた。

「利次郎、それはない。皆の気持ちがよう分かっておるゆえ、少しでも早く元の体に戻りたいのであろう」

辰平と利次郎が会話するところに、霧子が河岸道から船着場によろめくように下りてきた。

「よう頑張り通したな。されど無理は禁物じゃぞ、霧子」

磐音が諭すように優しく声をかけた。

霧子の顔は上気し、汗が浮かんでいた。久しぶりに己の足で外を歩いた疲れと興奮があった。

「若先生、わずか三、四丁を歩くのに四半刻もかかりました」

霧子の声が喘《あえ》いでいた。

「そなたは生まれ変わったのだ、赤子になったのだ。蘇生して四日目、三、四丁も歩く赤子がいるものか。二月で失ったものを取り戻すには、その二倍、三倍の歳月がかかろう。そのくらいの気持ちの余裕が大事じゃぞ」

しばし沈黙した霧子が、はい、と返答をした。

「帰りは皆といっしょに舟で戻ろうぞ、霧子」

「はい」

霧子が素直に返事をするのへ、磐音が手を差し出し、

「利次郎どの、そなたも力を貸しなされ」

と命じた。

磐音と利次郎の手を借りて、霧子が猪牙舟の胴の間に座り、艫《とも》を眺めた。

あの矢傷を受けたとき、霧子は片手で櫓を操りながらもう一方の手をその上に

添えたところだった。じいっと、自分が瀕死の傷を負った艫を見ていた。油断を悟っていた。雑賀衆下忍育ちの霧子には二つ、三つと動きが重なるときこそ、最大の注意を払わねばならぬと分かっていたのだ。

（あのしくじりを繰り返してはならない）

視線の先に辰平が立ち、棹で舟を固定しながら、

「霧子、この役目をいつでも明け渡す。一日も早く元気を取り戻せ」

と言った。

「もう大丈夫です。あと十日もすれば若先生を送り迎えできます」

「じょ、冗談を言うでない。そのようなこと、それがしが許さんぞ」

霧子の言葉に利次郎が慌て、弥助や辰平が笑った。大人たちの笑いに和しながら、空也が独りで猪牙舟の船べりを乗り越えてきた。

最後に白山が猪牙舟に乗り込むと、ぐうっと喫水《きっすい》が上がった。あとは岸沿いを、流れにまかせて数丁下るだけだ。

六人の男女と一匹の犬を乗せた猪牙舟は、辰平の棹さばきでゆっくりと竹屋ノ渡し場を離れた。

舳先《へさき》には弥助がいて、股の間に白山が控え、空也は霧子と磐音のかたわらにい

た。

「父上、母上と睦月が乗ったら舟が沈みますか」

「いや、猪牙舟はこれでなかなかしっかりとした舟じゃからな、一家を乗せても大丈夫であろう」

霧子の手を握った空也が、

「霧子ねえさん、元気になってよかったね」

と話しかけると霧子の瞼《まぶた》が潤んだ。

「空也様、霧子は油断しました。私の不注意で矢を受けてしまい、皆さんに迷惑をかけてしまいました。二度とあのようなしくじりはしません」

「霧子ねえさん、この次は空也がまもってあげます」

「有難う、空也様」

我慢していた霧子の両眼からすうっと涙がこぼれて頰を伝った。それを見た利次郎が、

「霧子が泣くこともあるのか」

と思わず呟き、

「利次郎さん、霧子はこれでも女です、人間です。これまで鬼とでも思うてこら

れましたか」

と泣きながら言い返された。

「そ、そのようなことは思うたことはないぞ。二月の間、それがしは何度も肝《きも》を冷やした。あの折りとて霧子は強い心を持って頑張り抜いてきたからな。まさか空也様の言葉で涙するとは、断じて、断じてだ、鬼の眼にも涙などと思うてはおらぬぞ」

「口にするということは思うておられることとです」

「き、霧子、もそっとそれがしを信じてくれぬか」

利次郎が悲鳴を上げて、舟中が笑いに包まれた。

(よかった、なにはともあれ、よかった)

磐音は川向こうの西空が濁った夕焼けに変わっていることを認めた。

「利次郎さん、信じているのが分かりませぬか」

「そうか、霧子はそれがしを信じておるのか」

しみじみとした利次郎の言葉が響き、霧子が利次郎へ片方の手を差し伸ばして、手を握った。利次郎が優しく握り返し、弥助が、

「若先生、これで小梅村はよい正月を迎えられますな」

「いかにもさようじゃ。今年もあれこれござったが、なあに人間息災であればこれ以上の幸せはござらぬ。それをつい忘れてしまうが、こたびの霧子の怪我はわれらに改めてそのことを教えてくれた」

いかにもさようでしたと弥助が頷いたとき、短い舟旅は終わりを告げ、辰平が尚武館の船着場へと寄せていった。

「若先生、お帰りなさいませ。本日はおこん様が、母屋で門弟衆も一緒に霧子さんの快気祝いの夕餉をなすそうですよ」

季助爺が舟に向かって叫び、白山がその言葉を理解したように、

うおんうおん

と夕焼け空に向かって吠えて応えた。

磐音一家と住み込み門弟の辰平、利次郎、田丸輝信、神原辰之助ら、さらには小田平助、松浦弥助、季助、早苗たち二十数人が母屋の座敷で膳《ぜん》を並べ、霧子の怪我からの回復を祝う夕餉が始まった。

霧子はこの日初めて、釜で炊かれた白飯をひと口食して、

「美味《おい》しい」

と呟いた。利次郎が、

「よしよし、霧子が飯を食せるようになった。これで元気な霧子が戻ってくる」

「利次郎さん、元気な霧子さんが戻ってきたら、またやり込められませんか」

「ううーん、辰之助、それを言うでない。なにがあろうともおれは元気な霧子が好きじゃ」

「おやおや、ふだんにも増して本日の利次郎さんは素直ですね」

おこんの言葉に利次郎が、

「おこん様も、そう思われませぬか」

「思いますとも。ねえ、辰平さん」

おこんが辰平に振った。

「霧子が寝ておった間、利次郎はまったく元気がのうて、こちらも気を遣いました。まあ、霧子の回復もさることながら、利次郎の能天気が戻ってきたのが、それがしには有難いことです」

「なにっ、そなたに迷惑をかけたと言うか」

「そなた、覚えておろう。寝床に入るたびにそなたは、霧子は元気を取り戻すであろう、そうであろう、辰平、と毎晩繰り返し問うて、そのたびに、必ず回復いたす、元の霧子に戻る、と呪文のように同じ返答を繰り返させたではないか。霧子の身を案ずるのはよいが、ああ毎晩責められては、いささかうんざりもした」

辰平の言葉に、

「友達甲斐《がい》のない奴《やつ》じゃ。そなた、どこぞの娘が病にかかったら、それがしの気持ちが少しは分かるわ」

利次郎が辰平の内緒ごとを思わず一同の前で洩らした。

「なんだ、どこぞの娘とは」

田丸輝信が突っ込んだ。

「利次郎、余計なことを言いおって」

辰平が応じたが、決して機嫌は悪くなかった。

おこんがその様子を訝しげに見た。

辰平は利次郎と気性が異なり、内心を見せないところがあった。とくに博多の箱崎屋の末娘お杏のことは、利次郎のほかは磐音とおこんしか知らないことだった。

「どうじゃな、辰平どの」

磐音が話しかけた。

「どうと申されましても」

と磐音に応じながら辰平は迷っていた。

「よい知らせならば、身内や仲間に言うてもよかろう」

「若先生、屋敷に戻って文が届いていなかったらどういたしましょう」

「今津屋に知らせてこられたほどじゃ。必ずや博多から文が何通も届いておろう」

と磐音がきっかけを作った。

その言葉に反応したのは利次郎だ。

「な、なんだ。辰平、おぬし、筑前博多のあの娘とまだ付き合うておったのか」

「そなた、最前、どこぞの娘が病にかかったら、と言わなかったか。当然、お杏さんのことと思うたがな」

「だれのことじゃ、お杏さんとは」

田丸輝信が叫んだ。

「おこん様」

辰平がおこんに助けを求めた。

「おまえ様、なんぞ博多から知らせがございましたので」

「春にな、箱崎屋次郎平どのがお杏どのを伴い、江戸に参られるそうな」

「ああ、それで、辰平さんの機嫌がよろしいのですね」

「おこん様、若先生、お杏さんなる娘はどなたにございますな」

輝信が迫った。

「辰平さん、春に出て参られるのならば、もはや皆さんに話してよいですね」

辰平が頷くのへ、おこんが、

「お杏さんは博多の豪商、箱崎屋次郎平様の娘御なのです」

と前置きして、辰平が武者修行の途次、博多に立ち寄った折りに知り合った箱崎屋の三女お杏のことを一同に告げた。

「箱崎屋さんちゅうたらたい、大きな船ば持ってくさ、対馬《つしま》を通じて異国との交易ばしとらす分限者《ぶげんしゃ》じゃなかかね。辰平さんはえらか娘さんと知り合いたいね」

小田平助が猪口を持った手で口を挟んだ。平助は福岡藩黒田《くろだ》家領内、郡奉行《こおりぶぎょう》配下芦屋《あしや》洲口番《すくちばん》の五男として生まれた男だ。博多の箱崎屋についても承知していた。

「ふうーん、なんとこのおれにようも隠し果《おお》せて未だ付き合いを深めておったか。辰平、そなた、実に水臭い男よのう」

「利次郎さんはなんでも口にしてしまわれるのです。辰平さんを少しは見倣うほうがよろしいかと思います」

「正直はいかぬか、霧子」

「ですから、利次郎さんのようにお喋《しゃべ》りでもいけませぬし、たしかに辰平さんの慎重ぶりも水臭うございます」

「で、あろう。だがな、霧子、それがしと辰平と二人を合わせて二で割ったような人間を考えてみよ。どちらが辰平でどちらが利次郎か分からぬではないか」

「そうですね、辰平さんも利次郎さんも気性に違いがあるから面白いのかもしれません」

霧子が素直に同意した。

「それがし、辰平先輩とも利次郎先輩とも違う人格形成に勤《いそ》しみ、どこぞの屋敷付きの娘の婿養子になります」

神原辰之助が一座の前で宣言した。

「なんだ、辰之助、そなた、剣術修行を入り婿の道具にしようとしておるのか」

「いけませぬか、利次郎さん」

「われらを見てみよ。霧子もそれがしも無一文、ゆえに純粋な思い遣りが互いに生じるというものだ。夫婦の絆とはかように無償の行為の積み重ねでなくてはならぬ」

利次郎の言葉はこれまでの二人の間柄から踏み込んだものだった。それでも霧子は否定しようとはしなかった。皆を前にしての無言こそ霧子の今の想いを如実に表現していた。

「利次郎さん、いくら無償の行為とて、金なくば食うに困ることになります」

「うう一ん、そう言われるとな。どうしたものか、霧子」

「私は雑賀衆下忍育ち、どのような生き方でも暮らしていけます」

「そうは言うが、霞を食ろうて生きることもできまい。う一む、困ったぞ」

と箸を持ったまま腕組みした利次郎が、しばし瞑想した後、

「辰平、そなた、刀を捨てて博多に婿にいくか」

と矛先を転じた。

「それがし、未だそのように先のことなど考えてもおらぬ。まずは尚武館で一人前の剣術家になることがそれがしの目指す道じゃ」

「なんだか、いつもの辰平に戻りおったぞ」

「よかよか、だれでんくさ、悩んで迷うて大きな花を咲かせるたいね」

「小田様も悩んで花を咲かされましたか」

「それがたい、時に花開かんでくさ、萎《しぼ》んでしまう蕾《つぼみ》もあるたいね。まあ、そげんならんようにくさ、精々若か人はくさ、頑張らんね」

小田平助の飄々《ひようひよう》とした言葉に一座が沸き、霧子の快気祝いは和やかに続いた。

「なんとも嬉しい宵にございました」

寝巻に着替える磐音のかたわらで、おこんが磐音の袴《はかま》を畳みながら言った。

「年の瀬に一つ、懸念が消えた」

と応じた磐音が、

「おお、そなたに告げるのを忘れておった。本日、紀伊家より半期分の俸給百五十両を頂戴した。少しでも早いほうがよかろうと思い、昨夜話したように今津屋に立ち寄った」

「山形に送金なされましたか」

「そうさせてもろうた。半金の七十五両は仏壇に供えてある。年末の費《つい》えには少なかろうが我慢してくれ」

「だんだんに門弟衆も増えて参りましたが、皆が食べていくには困りませぬ」

「桂川甫周先生と中川淳庵先生にお礼をせずともよかろうか」

「金子を包んだとてお受け取りにはなりますまい。とはいえ、なにか考えなければなりませんね」

「新春にお二人をお呼びして一夕宴席を設けよう。その折りまでになんぞ考えようか」

はい、と答えたおこんが、

「山形は雪の中でございましょうね。幼いお子を三人抱えて、さぞ奈緒様は徒然なる日々にございましょう」

磐音は黙って首肯した。その脳裏に、雪の原をさ迷う四人の母子の姿が浮かんだ。

四

翌朝、磐音はやはり八つ半に起き、五条国永を手に寝間を出ると、廊下の雨戸を開けて庭に出た。

三七二十一日の願掛けを終え、霧子が意識を取り戻した。

磐音は満願成就の礼として、最後に独りで直心影流の奥義をよろず剣神に奉献したかった。

弦月《げんげつ》がおぼろな明かりを庭に落としていた。

磐音は東西南北それぞれに一礼し、国永を腰に差し落とした。

「雑賀霧子の本心回復、御礼を申し上げます。最後の奥義奉献ご覧あれ」

と願った磐音は、相手がいたときよりもさらにゆっくりとした動きで一本目の八相から始めた。それは見る人がいれば剣の極意というより、能楽師の動きに近いと指摘したかもしれないほどに、緩やかな動きだった。緩やかに動く体と腕の力は国永に伝わり、刃はゆるゆると振られていたが、どこにも弛緩《しかん》はなかった。

いや、緩い動きの分、虚空を確かに両断していた。

無心で二本目の一刀両断から三本目の右転左転に移ったとき、磐音の無念無想を壊した者がいた。

見物人だ。

利次郎や辰平でないことはすぐに分かった。

だが、磐音は己に極意の形続行を命じて再び没頭した。

四本目の長短一味は、途中で一円相の下の半円を描く動きをなす。その下半円を上段へと静かにゆるゆると差し上げて一つの円を創り上げた。

国永が描いた円は、宇宙そのもののように大きくも無限だった。

不動の上段の剣が仮想の対決者の面に下り、正眼でぴたりと止まった。

磐音は見物者に向き合っていた。

池の縁に黒い影が胡坐《あぐら》をかいて座していた。

弦月は雲に隠れ、わずかな濃淡でその者が見分けられた。

「遠江《とおとうみ》の出、土子順桂吉成《ひじこじゆんけいよしなり》どのでござったな」

磐音は国永の鋩《きつさき》を下に向けた。攻撃の意志のないことを示したのだ。

「いかにもさよう」

掠《かす》れた声が応じた。

一年数か月前、磐音はおこんと空也の手を引き、多摩川丸子《まりこ》の渡しで出迎えてくれた小田平助とともに江戸に戻ってきた。

未明、人影のない両国橋を磐音一家は徒歩で渡ろうとした。江戸を知らぬ空也に、磐音とおこんが無数の思い出を刻んだ両国橋を少しでも五体で感じてほしいと思ってのことであった。また長い旅の終わりに両国橋を、おこんの腹にいるやこを含めて、一家で渡りたいとの願いでもあった。

再び江戸暮らしが始まる、そのための儀礼であった。

その折り、待ち受けていたのが土子順桂吉成だった。顔には斜めに革紐が走り、古銭の寛永通宝《かんえいつうほう》で片目を塞いだ土子は、

「それがし、一片の恨みつらみもそなたにはござらぬ。じゃが、いささかの恩義これある人の頼みにより、そなたの命を貰いうける」

と宣告した。磐音が、

「丁寧なる挨拶痛み入る。して、この場で決しますか」

と問うと、土子は、

「いや、本日は告知のみにござる。そなたとの戦い、明日になるか三年後になるか、それがし、考えもつかぬ。じゃが、それがしがそなたを付け狙《ねろ》うておることを教えるべく、かくの如く待っておった」

と答えたものだ。

磐音はこれまで数多《あまた》の剣客、武芸者、刺客と戦ってきた。だが、土子順桂のように事前に宣告してくる者は珍しかった。それだけ己の技と力に自信があってのことだと思われた。とはいえ、その言動に驕慢《きょうまん》さは感じられなかった。

磐音は真の強敵だと思った。雇い主は田沼意次かと尋ねた言葉に、

「いかようにもお考えあれ」

と言い残すと両国橋の欄干《らんかん》に飛び乗り、流れに待たせていた舟に飛び下りて磐音らの前から姿を消していた。

「あの朝から一年半が過ぎようとしております。決着をつけに来られたか」

磐音の言葉は淡々としていた。

「いや、別れを告げに参った」

「それはまたご丁寧な。してどちらに参られますな」

「若年寄田沼意知様の警護方として遠江相良《さがら》に参る」

「お帰りはないのでございますか」

「それは分からぬ。相良にてそれがしの次なる行動が決まろう」

ということは、磐音暗殺を完全に放念したわけではない。田沼父子か、あるいは第三者の新たな命で土子順桂の動きが決まるのだ。

「お帰りをお待ちしており申す」

磐音は覚悟の言葉を吐いた。

土子順桂が胡坐から立ち上がりながら、

「坂崎磐音どのは生涯唯一無二の対決者にござる。その折りがくることを楽しみにしており申す」

と言った。そのとき、磐音は土子順桂が旅仕度であることを見てとっていた。

「道中、恙無《つつがの》う」

「さらば」

と言い残した土子順桂は、夜明け前に訪れる濃く深い闇に紛れて消えた。

ふうっ
と磐音は一つ息を吐いていた。

国永の柄巻《つかまき》を握った右手の掌にうっすらと汗をかいていた。直心影流の奥義奉献でかいた汗ではない。土子順桂との再会がもたらした汗だった。

土子順桂は、磐音を唯一無二の対決者と認めたが、磐音の気持ちもまたそれと同じだった。

磐音は国永を鞘に納めると泉水伝いに尚武館へと向かった。

すでに尚武館は動き始めていた。

道場の床を住み込み門弟衆が乾拭きしていた。驚いたことに霧子がその中にいた。むろん門弟の動きについていけるわけもない。だが、霧子はこれまで蓄えてきた力を信じて、掃除に加わっていた。そして、そのかたわらには利次郎がいた。

磐音はなにも言わなかった。代わりに井戸端に向かった。そこでは小田平助と弥助が神棚の榊の水を替えていた。

「弥助どの、若年寄田沼意知様の様子を承知でござるか」

「老中の父に従い、あれこれと見倣うておられると聞いております」

「おそらく父の田沼意次様の代理でござろう。領地の遠江相良に向かわれるそうな」

「ほう」

と弥助が磐音を見た。

「年も押し詰まっての旅にございますか。いささか急を要する道中と思えますな」

「弥助どの、心当たりはござるか」

「はて、若年寄になったばかりの田沼意知様にとって、こたびの正月は若年寄として晴れの総登城にございましょう。それを犠牲にしてまでとなると、親父様の命《めい》としか、それも緊急を要するものにございましょうな」

と弥助が首を捻るのへ、

「われらが江戸に戻って一年半が過ぎようとすることを、最前改めて教えられました」

と磐音が話柄を変えた。

「だれじゃろ、こげん早か刻限に」

「小田平助どの、両国橋でわれらを待ち受けていた人物を覚えておられますな」

「土子順桂吉成、と名乗った剣客たいね」

「いかにもさよう。土子どのが最前、別れの挨拶に見えました。田沼意知様の警護方で相良に向かうそうな」

「刺客がくさ、一々己の行動を若先生に知らせに来たち言いなはると。あの御仁、だいぶ変わっちょるばい。それとも自信があるとやろか」

磐音は弥助に一年数か月前のことを告げていなかった。土子の言動にいささかの作為もないと見たからだ。また剣術家が尋常な勝負を挑むことは、格別に珍しいことではない。だが、土子に戦いを挑まれるとき、必ずや知らせがあると思ってきた。ゆえにおこんと小田平助に、

「土子順桂どのがこと、そなたらの胸に当分仕舞うておいてくれぬか」

と封じていた。ために弥助には初めて聞く名前と経緯《いきさつ》だった。

磐音は改めて弥助に、一年数か月前の両国橋の出会いの経緯と本日の出現を告げ知らせた。

「土子土呂助《どろのすけ》にございますか。天真正伝神道流師岡一羽《もろおかいっぱ》の弟子であった土子土呂助の末裔《まつえい》にございましょうか」

と弥助が自問するように呟いた。

同門の弟子、根岸兎角《ねぎしとかく》は病に倒れた師を見捨てて江戸に出て剣名を上げようと企て、同門の岩間小熊《いわまおぐま》に討たれた。一方、土子土呂助は、師の生まれ故郷常陸国《ひたちのくに》江戸崎に留まったが、後に仕官の口を求めて駿河《するが》に向かったそうな。

「土子土呂助の末裔ならば、天真正伝神道流を継承する者でござろうな。ともあれ、それがしが生涯に相見《あいまみ》える強敵の一人であることは間違いなかろう」

弥助が重々しく頷き、

「土子は田沼意知様の江戸出立の日にちを告げましたか」

「いや。だがな、土子どのは旅仕度であった。おそらく今朝には出立されるものと思われる」

「ならばわっしも」

弥助が田沼意知の相良行きの尾行を即座に決めた。むろん磐音の意を察してのことだ。

「弥助どの、土子順桂どのは捨ておかれよ」

「相分かりました」

「おこんに路銀を言うておきます」

へえ、と応じた弥助が長屋に戻った。

「平助どの、本日は槍折れの稽古から先に始めてもらえませぬか。霧子には、焦ってはならぬと伝えてくだされ」

と願うと磐音はいったん母屋に戻った。

刀簞笥に五条国永を収めた磐音は台所に向かった。

おこんがこの刻限から早苗や通いの女衆と朝餉と昼餉兼用の飯を作っていることを承知していたからだ。この時節、すでに正月用の御節料理の仕度も始まっていたため、台所は慌ただしかった。

「おこん、弥助どのが旅に出られることになった。後ほどこちらに参る。路銀を渡してくれ」

「畏まりました」

おこんは返事をしたが、弥助がどこに向かうのか尋ねようともしなかった。

磐音が再び尚武館道場に戻ったとき、槍折れの稽古が始まっていた。そして、霧子が季助のかたわらで鉄瓶に湯を沸かしていた。

「弥助どのは」

「すでに出立なされました」

霧子は弥助を手伝えないからか、悔しそうな表情をしていた。

「路銀はどうなされた」

「これまでの使い残しがあるそうです」

「皆に気を遣わせてすまぬことじゃ」

と呟いた磐音は、

「霧子、台所でおこんを手伝うてくれぬか。御節料理を拵《こしら》えるのも気分が変わろう、どうじゃな。焦ってはならぬぞ」

はい、と答えた霧子が、そうしますと母屋へ向かった。その動きは昨日よりもだいぶ軽やかで、杖もついていなかった。

磐音は自らの稽古用の槍折れを手にすると、小田平助の指導の動きに従って体を動かし始めた。

昼過ぎ、磐音は竹屋ノ渡し場から渡し舟に独り乗っていた。

小梅村や須崎村の住人が正月の買い出しに浅草辺りに向かうかのような、そんな風情《ふぜい》だった。

昨夜のうちに、師走の墓参りに行くことをおこんに告げてあった。だから、すでに五つ紋の黒羽織と袴、小袖《こそで》が用意してあった。

着替えはおこんが手伝った。

「亡き養父上《ちちうえ》もよく月命日じゃと墓参りに出かけられました。今はわが亭主どのが習わしをお継ぎになったのですね」

おこんが言った。むろんおこんが磐音の月命日の墓参りと理解しているのは、表菩提寺《おもてぼだいじ》の、愛宕《あたご》権現《ごんげん》裏の天徳寺のそれだ。

「気にかかるか」

「養母上《ははうえ》を見習い、お聞きしませぬ。いつの日か、空也がこの習わしを継ぐことになるのでございましょうか」

「佐々木から坂崎へと姓が変わっても、習わしは絶やしてはなるまい」

とだけ磐音はおこんに応えていた。

この日、磐音が小梅村に戻ってきたのは七つ半（午後五時）の刻限だった。

尚武館に入ると武左衛門が季助の長屋の前にいて、

「おっ、戻ってきたな。そなたもあれこれと忙しいことよのう」

と声をかけてきた。

「近頃修太郎どのがうちのことを手伝うてくれて相すまぬことです」

「こちらを手伝うても一文にもならぬと言い聞かせたんだがな、親父の言うこと
など聞く耳を持ちよらん」

「親父どのが煩《わずら》わしい年頃です。二、三年もすれば変わりましょう」

「それだ、若先生」

武左衛門が磐音の顔を見た。

「今朝方な、修太郎が改めてわしと勢津に話があると言い出してな」

「ちゃんと話を聞かれましたかな」

「聞いたとも。早苗にな、修太郎から相談があると話しかけられたときには、ちゃんと二人とも修太郎の言い分を聞いてくださいと、くれぐれも念を押されていたでな」

「それでどのようなお話にございましたな」

「天神鬚の百助爺の弟子にどうしてもなりたい、一日も早く鵜飼様に願うてくれ、
とな」

武左衛門が声高に言った。

そのとき、母屋のほうから早苗と修太郎の姉弟が姿を見せ、武左衛門と磐音が話すのを、道場の縁側で待つ様子を見せた。

「わしも鵜飼百助爺がどのような人物か知らぬわけではない。生半可な考えで弟子などとらぬことは知っておる。わしが修太郎を伴うたところで、親子して天神鬢に門前払いを食らうだけだ。あの界隈でわしの評判は決してよいとはいえぬからのう」

「ご存じでしたか」

「だから、鵜飼百助爺にあやつの身柄を預けるゆえ、早う一人前の研ぎ師に育ててくれと、そろそろおぬしから頼んでもらえぬか」

「研ぎ師は一朝一夕で育つものではございません。十年下働きしてようやく半人前、その間、給金など論外です」

「えっ、給金もなしか」

「当然です。鵜飼様の技を教えていただくのですから、こちらから払う気でなければなりません」

「うちにそのような余裕があるものか」

「ですから修太郎どのが頑張り、身内が支える。その心構えがなければ鵜飼様の弟子にはなれません」

「分かっておる」

武左衛門が胸を張った。

「勢津どのは、いかがか」

急に武左衛門の力が抜け、体が縮んだように見えた。

「それだ、あやつ、日がたつにつれ、またぞろ侍にしたいと思いはじめたようじゃ。ああも頑固だとは思わなんだ」

「それは難儀な」

と答えたところに早苗と修太郎がおずおずと歩み寄ってきた。

「若先生、修太郎のことでお世話をおかけします」

早苗が言い、修太郎が助けを求めるように磐音にぺこりと頭を下げた。

「それほど勢津どのは侍に拘《こだわ》っておられますか」

「わしで十二分に懲りていようにな」

「すべての源は父上にございます。他人事のようなことを言われますな」

「そうは言うが、勢津は言い出したら聞かぬからな」

困惑の体で武左衛門が呟いた。

「武左衛門どの、早苗どの、修太郎どの、よく聞かれよ。竹村家の嫡男の行く末は大事なことです。ゆえに勢津どのの得心なくば弟子入りは叶いませぬ。今宵《こよい》、身内でいま一度話し合うてくだされ」

「その途は避けて通れぬか」

「そういうことです。その結果、勢津どのも、うん、と申されたら、それがしが鵜飼百助様のところに同道しましょう」

「父上、修太郎、これからお長屋に戻り、母上に談判いたしましょうぞ。二人ともしっかりしてくださいな」

早苗が男たちを鼓舞し、

「若先生、しばし実家に戻らせてください」

と磐音に願った。すると武左衛門が、

「そなたが、しばし待ってくれと申したは、われらの覚悟を問うておったというわけか」

と溜息《ためいき》をつき、早苗と修太郎に手を引かれるように尚武館の門から出ていった。

第四章　大つごもり

一

翌日のことだ。

尚武館は稽古納めの日であった。とはいえ、それは通い門弟にとってであり、住み込み門弟たちは暮れも正月も関わりなく毎日稽古をした。

その朝稽古が終わる刻限、武左衛門、勢津、修太郎が尚武館にやってきた。三人とも顔に疲れが見えた。

昨夜、磐音は一人だけ戻ってきた早苗に話し合いの経緯は聞いていた。そこでそう容易《たやす》く勢津が自説を曲げるとは思えなかった。早苗も、

「一度は納得したはずの母があのように修太郎の行く末に拘《こだわ》るとは考えもしませ

んでした。母を説得するのは無理です」

と報告したものだ。それを聞いたおこんが、

「勢津様は修太郎さんを侍にするのが夢だったのね」

としみじみ呟いた。

「おこん様、たとえ修太郎が侍になりたいと望んだところで、仕官の口などあるわけもないのです。まして当人が侍は嫌だ、研ぎ師になりたいと願っているのです。うちに体面などあろうはずもございません。母は当人の望みをなぜ聞き入れてやらないのでしょう。私には分かりません」

と匙《さじ》を投げた言い方を早苗がした。

「武家方、町人にかぎらず、嫡男には過剰に望みを抱くものです。とくに女親はそうかもしれません」

「おこん様も空也様に格別な望みを抱いておられますか」

「うちは亭主どのも私も佐々木家に養子に入った身です。それは亭主どのが佐々木家を継ぐと同時に直心影流の尚武館道場を継承するということにございました。早苗さんも承知のように、養父養母は家基様に殉じられました。空也には父の跡を継ぐ宿命がございます。そのことをただ今の空也が理解しているとは思えませ

ん。十年後、研ぎ師になりたいと空也が言い出したら、私も迷うでしょうね」

おこんは正直な気持ちで早苗に応え、磐音を見た。

「そうじゃな、その折り折りに判断するしかあるまい。十何年後を思うて、今の生き方を変えるわけにもいくまい」

「おまえ様は、空也が坂崎家を継ぐのを嫌だと言い出したとき、尚武館坂崎道場を絶やすことを容認なされますか」

「今答えたとおりじゃ、おこん」

と磐音は答えた。

佐々木家にはおこんも知らぬ秘命というべきものが継承されていた。東叡山寛永寺の寒松院《かんしょういん》の隠し墓であり、神保小路の拝領屋敷の古甕から出てきた五条国永、葵の御紋の刻印のある短刀だ。

空也が負うべき重荷は、母親のおこんが考える以上のものだった。しばし沈思した磐音は、

「それがしが養父佐々木玲圓の遺志を頑《かたく》なに守る、あるいは素直に継ぐというのであれば、坂崎姓に戻しはしなかったと思う。田沼様方の尚武館潰し、佐々木家根絶やしの矛先を変える意図があったことはそなたらも承知であろう。それでも

それがしが佐々木姓に拘ったとしたら、われらの運命《さだめ》はどうなったか。その折り折りの事情によって人間の生き方は変わり、それは周りがどう考えようと、つまるところは当人の気持ちと決心にかかっておる。そう思わぬか、おこん」

「はい」

とおこんが答え、早苗が、

「修太郎が初めて強い意志を見せたのですから、母も分かってあげればよいものを」

と嘆いたものだった。ゆえに、修太郎の研ぎ師になる夢は、

「時節を待つしかあるまい」

と考えていた。

それが三人して顔を出したのだ。

「武左衛門どの、お二方も母屋に参りましょうか」

磐音は三人を尚武館道場から母屋に誘った。

その姿を空也が見つけ、

「早苗さん、武左衛門さんがたがみえられましたぞ」

と知らせたため、早苗が驚きの表情で縁側に姿を見せた。

この日、風もなく穏やかな日和《ひより》だった。

天明三年も今日と明日を残すのみ、新しい年がそこまで来ていた。

田沼意知一行を尾行して遠江相良藩に向かった弥助からは未だ知らせはなかった。それは探索に難儀しているということか、あるいは父意次の代理でただ国許《くにもと》に戻ったということであろうか。確かに意知は若年寄を下命されたが、木挽町の屋敷で対客が始まるのは明けて新年の四月二日からであった。

ためにその前に父の領地を、ゆくゆくは自分のものとなる城下を見にいったのか。

武左衛門らは縁側から座敷に通った。

早苗は三人を通すと黙って座敷を下がった。

「坂崎どの、夜通し話して参った」

と武左衛門が無精髭《ぶしょうひげ》の顔ながら、改まった口調で磐音に言った。武左衛門にしては珍しい態度であった。

「して、どのような答えが」

と磐音が応じ、

「昨夜戻ってこられた早苗どのからは、未だ結論に至らずとお聞きしたがな」

と言い添えた。

「いかにも早苗はもはや勢津を説き伏せるのは無理と言い残して、こちらに戻った。その時点ではそうであった」

と武左衛門が言い、そこへおこんと早苗が茶を運んできた。

おこんは早苗を同席させようと、茶を運ぶことをわざわざ命じたのだ。

早苗が茶を供し終え、その場を下がろうとするのをおこんが、

「早苗さんもこの場に」

と引き止め、自らは退室しようとした。

「おこん様、話を聞いてくださいまし」

と願った勢津が、

「坂崎様、おこん様、修太郎の望みを叶えてやりとうございます。お力添えをお願い申します」

と頭を下げた。

早苗が驚きの顔で母を見た。

「私がいくら頑迷に言い続けたところで、本人にその気持ちがないのです。昨夜、早苗が戻ったあと、三人して話し合い、ようやく私も間違いに気付かされまし

た」

「水を飲ませようと馬を水場に連れていくことはできる。だがな、若先生、飲みたがらない馬に水を飲ませることはできぬ。それは自明の理よ」

武左衛門が言った。

「修太郎にとつとつと言われたのです。尚武館の若先生がおれを連れ回してくれたのは、なにをしてよいか分からぬおれにあれこれと知らぬ世間を見せるためだった、おれはそのとき、ただ鰻を食べに宮戸川を訪ね、茶を飲みに地蔵蕎麦に立ち寄ったと思っていた、だが、それはとんでもない考え違いと気付いたのだ、と言われたのです」

と勢津が自らに言い聞かせるように言い、

「亭主からも、尚武館にいったんは愛想を尽かされた修太郎じゃぞ、それをどこのだれが、忙しい身で他の世間など見せようとしてくれるものか、親ができぬことを坂崎磐音はわれらに分からぬようになしてくれたのじゃ、そして、研ぎ師の鵜飼百助家で修太郎は、自らがやらんとすることを見付けたのだ、坂崎どの厚意と修太郎の気持ちを母親の一存で踏みにじるかとなじられ、初めて私が修太郎に勝手な望みを押しつけていたことに気付かされました。坂崎様、おこん様、修太郎に手助けをお願い申します」

と頭を下げる勢津の両眼に涙があった。早苗が、

「母上」

と声を洩らした。

磐音が修太郎を見て、念を押した。

「鵜飼百助様の弟子になりたい気持ちに変わりはござらぬな」

「はい」

と即答した修太郎が、

「若先生がおれを鵜飼様の研ぎ場に連れていってくれた後、おれは江戸の研ぎ師のところをあちらこちら回ってみた。研ぎ師がどのようなものか分かっていないことは百も承知です。でも、江戸じゅうの研ぎ師や刀鍛冶や刀剣商を見て回って鵜飼百助様が天下一の研ぎ師と分かったんです。なんとしても鵜飼様の弟子になりたい」

「厳しい歳月が待っておるぞ」

磐音の言葉に修太郎がこくりと頷いた。

「時に師匠は弟子に無理を言う、理不尽を強いる。そなたの眼には白と見えるも

のを黒と言われることもあろう。それに耐えねば真は見えてこぬ」

「はい」

磬音はしばし間を置いた。

「とはいえ、鵜飼百助様がそなたを弟子にとるかとらぬか、全く当てはない。そなたは誠心誠意願うしかござらぬ」

と諭した磬音は修太郎の顔をしばし凝視していたが、

「おこん、仕度を」

と命じた。

「はい」

と即座に答えたおこんがその場から亭主の外出の仕度をなすために下がった。

「この足で吉岡町に行く気か」

武左衛門が磬音に尋ねた。

「善は急げと申します」

「願う」

と武左衛門が即答した。

「勢津どの、商人の奉公人でも年に二度しか親元に帰ることはできません。研ぎ師の仕事場はもっと厳しゅうございましょう」

「まずは十年、修太郎の顔を見ることはできぬのだな」

勢津に代わって武左衛門が確かめた。

「その覚悟がなければ務まりますまい」

「修太郎はこのまま奉公に出るのでございますか」

と勢津が磐音に問うた。身形《みなり》などを気にした様子があった。母親としては当然の気遣いだろう。

「すべては鵜飼百助様次第です。断られることもあろうかと存じます。その折り、どうするな、修太郎どの」

「お百度を踏んで自らの気持ちを訴えます、何年でも通う覚悟です」

「相分かった。二人で願うてみよう」

磐音が言い、立ち上がった。

鵜飼百助は磐音の話を聞くと、しばし修太郎の顔を睨んでいた。

修太郎は師匠の眼差しを必死に受け止めていた。

「過日、この者を坂崎どのが連れてこられたときから、なにか考えがあってのことかと思うておった。ただし当人にそのような気持ちがあったとは思えぬ」

「いかにもさようでした。されど鵜飼百助様と信助どのが醸《かも》し出す研ぎの場に、一瞬にして心を奪われたのです。出会いとはおよそそのようなものではございませぬか。あとは当人の頑張り次第」

「先の西の丸家基様の剣術指南にして御三家紀伊藩の剣術指南が、いや、直心影流佐々木道場の跡継ぎが、研ぎ師風情にかように頭を下げることなど滅多にあるものではないのだぞ、竹村修太郎、そなたも幸せ者よのう」

「はい」

「分かっておるのか」

「はい、分かっております」

「未だなにも分かっておらぬようじゃな」

と洩らした百助老人の研ぎ場は本日が仕事納めとか、ただ一人の弟子にして倅の信助は神棚の掃除をしていた。

だが、鞴《ふいご》の火はまだ赤々と燃えていた。

「うちでは仕事納めは鞴の火を落として一年が終わる」

と言った百助が、

「信助、修太郎に仕事着を貸してやれ」

「鵜飼百助様、おれを弟子にしてくれるんだね」

「弟子じゃと、その答えは十年後のことじゃ。なにをいつまで客面をしておる。さっさと着替えよ」

と怒鳴られた修太郎が、

「はい」

と力強くも返事して立ち上がると、信助にこちらにこいと手招きされて、着替えるために研ぎ場から姿を消した。それを見送った磐音が、

「鵜飼様、無理な願いを聞き届けていただき有難く存じます」

と改めて頭を下げた。

「坂崎どのに願われては断れまい。わしも幕臣の端くれゆえな」

と応じた百助が、

「いつ来るかいつ来るかと考えてはおった。意外に日にちを要しましたな」

と嘯いたものだ。

「おや、鵜飼様はすでに予測しておられましたか」

最前とはいささか違う百助の言葉に磐音は問い返した。

「坂崎どのがあやつを連れてこられた翌日からな、うちの門前がえらくきれいに掃き清められている、それも未明のうちにじゃ。信助が気付いたのは、何日も経ってのことだがな。その後も掃除のほかに菊など時節の花がそっと門前に置かれていることもあった、うちは寺ではないわ。朝まだき、信助がそっと敷地から覗《のぞ》いて、あやつの仕業と分かった。いつ尻を割るかと思うていたが、今も続けておる」

「そのようなことがございましたので」

「まあ、あやつの内緒ごとにしておこうか」

「それがようございましょうな」

「なにせ、あの武左衛門が父親じゃからな、油断がならぬ」

「ふっふっふふ」

磐音が笑った。

「それにしても坂崎どのもあれこれと忙しいことよのう。老中の倅どのが若年寄に出世したそうな。竹村家よりもこちらのほうが厄介じゃな」

「ただ今、若年寄どのは、父親の領地相良に戻っておられるそうな」

「ほう、新任の若年寄どのが相良にな」

「なんぞ心当たりがございますか」

「旗本佐野善左衛門《さのぜんざえもん》と田沼家が揉《も》めておることは、田沼父子を敵に回したそなたならとくと承知のことじゃな」

磐音は頷いた。

「その佐野の当主があれこれと幕府の役所筋に訴えておるそうな。じゃが、相手は権勢を誇る田沼意次と意知父子が絡むこと、だれも真面目には取り上げぬ。そこでな、佐野善左衛門、考えおった」

「なにを考えつかれたのでございましょうか」

「佐野家の系図やら七曜旗やら佐野の守り本尊の大明神の像を田沼父子が騙《だま》し取ったことを読売に書かせると、木挽町の屋敷に通告に行ったそうな」

「ただ今の田沼様父子に逆ろうて、佐野様の言い分を取り上げる読売がありましょうか」

「なくもない」

百助が言い切った。

御家人にして名人研ぎ師の鵜飼のもとには、旗本から大名家、さらには幕閣のお歴々も研ぎを頼みにくる。そんな折り、あれこれと話に花が咲き、百助のもとに城中の動きが伝わるというわけだ。

「むろん正面から読売に頼んでも取り上げまい。読売の監督は町奉行がなすからな。ただ今の南町奉行牧野《まきの》成賢《せいげん》様の弟の妻は水野《みずの》忠友《ただとも》様の妹。この水野家というのは、老中どのの四男の養子先であるとか。いわば牧野様は田沼意次様の身内よ」

「いかにもさようでした」

「だが、佐野が銭を出し、読売屋に書かせて江戸じゅうにただでばら撒《ま》けば、それなりの効果はあろう。田沼父子としても放っておくわけにはいくまい」

磐音は、こたびの田沼意知の相良行きはこの佐野の一件が絡んでのことかと漠然と思案した。

佐野善左衛門にはこれまでもいろいろと迷惑を被《こうむ》り、磐音はその行動を諌めてきたが、癇性《かんしょう》にして浅慮《せんりょ》の佐野が再び動こうとしているのか。

弥助の連絡を待つしかあるまいと思った。

そのとき、白衣に身を包んだ修太郎が信助と一緒に戻ってきた。むろん作業着の白衣は新しいものではなく、大きくもあった。信助の着替えのようだ。

「三日辛抱できれば三月《みつき》は頑張ることができよう。三月、修業がもつならば三年は続く。そなたが望んでわしの弟子となったのだ。わしを得心させるような精進をしてみよ」

「はい」

修太郎の潔い返答を聞いて磐音は立ち上がった。

武左衛門は磐音が戻るのを尚武館道場で待っていた。

「うむ、おぬし一人か」

「修太郎どのはもはや鵜飼百助様の研ぎ場で働いておられる。天明三年の仕事納めのこの日を、十年後に懐かしく思い出されるかどうか、当人次第、親次第です」

「わ、分かった。決して飲み代を天神鬚のところに集《たか》りに行くようなことはせぬ」

「父上！」

早苗が悲鳴を上げた。

「早苗、案ずるな。その折りはこちらに参る。なにせここことは長い付き合いゆえな。こちらの苦衷《くちゆう》は夫婦ともども分かっておられるわ」

「ゆ、許しません。修太郎のことで迷惑をかけたばかり、父上にもしっかりと働いてもらいます」

早苗に怒鳴られた武左衛門が、

「冗談を言うただけじゃ。それも分からぬか」

とぶつぶつ言いながら安藤家下屋敷に戻っていった。

二

この日が尚武館坂崎道場の稽古納め、田丸輝信らが道場で道具類の手入れを行っていた。その頭分は小田平助だ。

利次郎は霧子の散歩に従っているとか。霧子は日一日と体を動かす時間《とき》が長くなっていた。

松平辰平も昼過ぎから屋敷に戻っていた。

田丸輝信や神原辰之助らが道場の床に槍折れ、木刀、竹刀などを並べて、ささくれた個所を削り、傷ついた竹刀の竹片を取り換え、柄革を替えていた。新調すれば済むことだが、尚武館ではとことん道具を手入れして最後の最後まで大事に使うことが習わしだった。

「ご苦労にございます。本来ならばそれがしが率先せねばならぬところ、小田どのに道場の雑事を任せきりで申し訳ございません」

「なんのことはなかばい、若先生。正月を前に道具の手入れをするのも、なかなか気分のよかもんばい。明日からの稽古が楽しみたいね」

と応じた平助が、

「若先生、どうやら武左衛門さんの倅さんは落ち着くところにたい、落ち着いたごたる」

と続けた。

「あとは当人次第です」

磐音のかたわらから早苗が応じた。

「早苗さんがくさ、鵜飼様の弟子になったごたるばい。姉さんも気苦労が絶えんたいね」

「父があのような人です。苦労難儀は竹村家の名物、なかなか絶えそうにありません」

「若いうちの苦労はくさ、他人の苦労もくさ、買《こ》うてもせえち言うやろが。早苗さんが嫁に行ったときくさ、それが役に立ったい」

「小田様、私は嫁に行っても苦労し続けるのですか」

「そんくらいの覚悟ならたい、運が巡ってくるもん」

「なんだか嫁になど行きたくなくなりました」

「ふっふっふ、それがたい、早苗さんや、好きな相手ができたらたい、ころっと変わるもんね」

「風の吹き具合で、あちらにふらりこちらにふらりと考えを靡《なび》かせる父とは違います。しっかりと相手を見定めます」

「それはよい。こん中に早苗さんがこれはと思う相手はおらぬか」

田丸輝信が会話に加わり、軽口を叩いた。

道場の稽古納めも終わり、尚武館にはなんとなくのんびりとした気配が流れていた。

「田丸様、おりませぬ」

「えろう早い返答たいね。輝信さんや、諦めんね」

「田丸輝信、今年も艶っぽい話はなしか」

と洩らすと、

「利次郎さんにあって田丸さんに足りぬものはなんでございましょうな。容姿劣る、足短し、気性悪し、懐さびし、最近は頭髪もだいぶ薄しとお見受けしました」

「こら、辰之助、おぬし、おれに喧嘩を売る気か、叩きのめすぞ。利次郎などを引き合いに出すな」

「その短気焦慮《しょうりょ》がいけませぬ」

「くそっ、ああ言えばこう言いおる」

「輝信どん、まあ、こん小田平助ば見倣うてくさ、生涯独りもんも悪かなかばい、さっぱりしたもんたい。どげんね」

「よし、来年こそ小田客分や辰之助を見返してやる。尚武館じゅうを驚かす女子を見付ける」

「無理じゃろうもん」

とか、

「来年のことをくさ、言うと鬼が笑うばい」

とか、辰之助らに平助の訛りで軽くいなされた輝信が、

「嗚呼《ああ》、好漢田丸輝信、悠久の風に吹かれて諸国行脚《あんぎゃ》の旅に出ようか。さすれば、

どこぞに見目麗《みめうるわ》しい女子がそれがしを待ち受け、また仕官の話も転がり込むやもしれぬ」

「田丸様、そのような夢はわが父武左衛門が十二分に見てきたものです。一つとして実現したものはございません。その行く末はご存じでございましょう」

「早苗さん、それがしは武左衛門どのの二代目か」

「田丸どの、諸国行脚もよいが、地に足をつけて稽古に励まれよ」

磐音がそう言い残して道場から母屋に向かった。早苗が従ってきて、

「若先生、真に有難うございました。あとは修太郎の忍耐と頑張りだけです」

「鵜飼百助様の研ぎを極めるのは並大抵のことではござらぬ。修太郎どのは時に姉の早苗どのに泣き言を言うてくるやもしれぬ。そのときはきつい言葉で追い返すのではのうて、なにか一つ、成長の証を見付けてな、褒《ほ》めてやりなされ。自らが望んだ道、われらも気長に見守っていこうではないか」

自らに得心させるように早苗が首肯した。

母屋の縁側では空也と金兵衛が何事か向かい合って遊んでいた。どうやら双六《すごろく》遊びのようだ。空也が賽子《さいころ》を振ろうとして、

「ああ、父上が戻られた」

と磐音の姿に目を留めた。

「舅どの、空也の相手、畏《おそ》れ入ります」

と磐音が金兵衛に声をかけた。

「おお、戻ってきたかえ。早苗さんの弟を天神鬚の先生のところに連れていったんだってな。弟子にしてもらえたかえ」

「修太郎どのは新年を前に新たな道へと踏み出されました」

「あら、今日からもう奉公なの。ともかく早苗さんもひと安心ね」

と姉さん被《かぶ》りの手拭いをとりながらおこんが姿を見せて、磐音が腰から抜いた大小を受け取った。

磐音は縁側から上がった。着替えのためだ。すると、背後から早苗の声が聞こえてきた。

「若先生に弟子入りまで道筋をつけてもらいました。これからは当人次第ですが、父の血を引いているのでいささか案じられます」

「そうよな、武左衛門の旦那の血筋となると厄介だ」

金兵衛が思わず早苗の不安を煽り立てた。

「お父っつぁん、早苗さんだって武左衛門様と勢津様の血筋です。だけどしっかりしておられますよ」

おこんが反論した。

「娘はな」

と言い淀んだ金兵衛に、

「娘はどうなんです」

「おこん、娘はよ、父親のだめなところを見てよ、しっかり者になるがよ、倅は悪いところばかりそっくりと真似やがる。この辺がいささか案じられるというんだよ」

「となると、この私はお父っつぁんがあまりにもだらしないから、しっかり者に育ったのかしらね」

「中には型にはまらない親子もあらあ。おまえはわしがしっかりもんだから、しっかりした女子に育ったんだよ」

「勝手な言い草ね」

金兵衛親子と早苗がなんとなく掛け合っていた。修太郎の身が一応落ち着いた安心感もあり、忙中閑《ぼうちゅうかん》ありの、師走ならではの会話だった。

「早苗どの、おこん、そなたら、修太郎どののしっかりとしたところを見逃しておるのかもしれぬぞ」

磐音が普段着に着替えながら座敷から言葉を投げた。

「修太郎にそのようなところがございましょうか」

と早苗が首を傾《かし》げた。

「あれで、なかなかどうして深慮遠謀の考えを持っておる」

磐音は、修太郎が早朝鵜飼邸の門前の掃除をなし、時節の花などを門前に置いている行動を説明した。

「まあ、ちゃっかりしたものですね。花は安藤家の庭で母が育てているものを持っていってるのでしょうが、修太郎がそのような下細工をなしていたなど信じられません」

「それがしが初めて修太郎どのを伴うていった日の翌日から毎朝門前の清掃を続けてきたそうじゃ。鵜飼様はかような行動の背後に魂胆があることを見抜いておられた。もう少し早う連れてくるかと考えておられたそうな」

「真の話なのですね、驚きました」

早苗が正直な気持ちを吐露した。

「修太郎さん、案外続くかもしれませんね」

「意外や意外だな。ともあれだ、武左衛門の旦那ほどひどくはないと分かっただけでもよ、早苗さんや、喜べ。姉があれこれ案じた甲斐があったというものだ」

金兵衛の言葉に早苗が複雑な顔で頷いた。


その夜、実家のある稲荷小路に戻っていた辰平が母屋に挨拶に来た。

三河以来の譜代の臣、若年寄支配御小納戸衆《おこなんどしゅう》を務める松平家の禄高は八百七十石、役料として三百俵がついた。将軍の近くに侍《はべ》り、将軍の身辺細務に従う役職だ。この職務には髪月代、御膳番、庭方、馬方、鷹方、大筒方などの分担があった。なかでも御場掛、御膳番、奥之番は三掛りと称され、

「頭取に次て事を執る」

と重職だ。辰平の父親の松平喜内《きない》は奥之番を務めていた。

奥之番は将軍の寝具の仕度や表出御の際には将軍の執務の場の奥小座敷に詰めた。間近に仕えるゆえに譜代の臣が当てられた。

もはや金兵衛は六間堀に戻り、空也も睦月も眠りに就いていた。

磐音は豊後関前の両親に宛てて年賀の挨拶を書状に認《したた》めていた。正睦《まさよし》と照埜《てるの》が密かに江戸入りした出来事も、過ぎ去った時の流れの一齣《ひとこま》に収まっていた。

「いかがでした、松平家はお変わりございませんでしたか」

「一家揃って息災にございました」

おこんの問いに、どことなく喜びを隠しきれない表情の辰平が答えたものだ。

「おこん、茶を淹れてくれぬか」

筆を置いた磐音が願い、おこんが台所に姿を消した。だが、すぐに三人の茶を運んできた。早苗が台所にいて、辰平の来訪に茶の仕度をすでになしていたのだろう。

磐音と辰平は、霧子が日に日に元気になっていく様子を話していた。

「もう霧子さんは大丈夫です。春永にはもとの霧子さんに戻っていますよ」

「鏡開きには霧子が稽古を始めると言い出すのではないかと利次郎が案じております」

おこんに辰平が応じて、

「辰平さんからも報告がありそうですね。博多のお杏さんから江戸訪問の知らせが届いていたのではありませんか」

「おこん様、三通も届いておりました」

辰平は興奮を抑えられない表情で答えたものだ。

「箱崎屋どの一行は、いつ江戸に参られるな」

「正月を終えた後、博多から箱崎屋の船にて瀬戸内の海を抜け、摂津《せっつ》入りするそうです。その後、京入りして半月ばかり滞在し、あとは江戸に向けて東海道の名所旧跡を見物しながらゆるゆると来られるそうです。ために江戸入りは三月の初めから中旬になろうとのことです」

「いちばん江戸が華やぐ季節ですね。江戸逗留《とうりゅう》はどれほどかしら」

「箱崎屋の仕事の都合もあって二月《ふたつき》ほど、帰りは箱崎屋の船で博多に戻られる予定とのことです」

「辰平さん、なかなかの大道中ですね」

「はい」

と応じた辰平だが、

「父がこの一件で相談したきことがあるとかで、正月明けにも小梅村に伺いたいが、若先生のご都合を聞いて参れと申しておりました」

とかすかに憂えている様子をみせた。

「辰平どのも承知のように、格別に都合が悪い日は紀伊藩の指導日くらいであろう。そのほかならばどうとでもなる」

「ならば具足開きの前日、十日はいかがでございましょうか」

御小納戸衆は隔日番の職階だ。この日は非番ということであろう。

「どうじゃ、おこん」

磐音がおこんを振り返った。

「私のほうは大丈夫です」

「ならば十日の昼過ぎにと父に言うておきます」

辰平が安堵の顔付きで応えた。

「松平家では、お杏さんのことをどう思うておられるのでしょうね。こちらは武家方、あちら様は商家と、身分に違いがございますが」

おこんは辰平の憂いはこの辺りかと察した。

「おこん様、それがしは次男です。父はおまえの覚悟次第と言うております。母は箱崎屋が豪商にして分限者であることを却って案じているようです」

「ともあれ、箱崎屋どのの江戸入りの折りに両家が忌憚なく話し合うことがまず大事であろう。すべてはそこからじゃ。それまであれこれと憶測したり、詮索《せんさく》したりしても詮無いことではないか」

「父も同じ考えにございました」

「ならば辰平さん、その日がくるのを楽しみに待っておられることね」

「はい、その日が待ち遠しゅうございます」

辰平の返事は素直だった。そして、

「お杏さんは江戸見物を楽しみにしております。どこに案内《あない》すれば宜しいでしょう」

とすでに江戸入りしたときのことを案じた。

「若い娘がなにを喜ぶかさっぱり見当もつきません。芝居見物でしょうか、それとも買い物でしょうか」

「箱崎屋様は長崎や対馬を通じて異国との交易もなさっておられる豪商、なんでもお持ちでしょう。博多になくて江戸にあるものとはなんでございましょうな、おまえ様」

「はてのう、考えもつかぬ。じゃが、辰平どの、お杏どのが喜ぶことはそなたと過ごすことであろう。それ以上のものがあろうか。のう、おこん」

「で、ございましょうね。辰平さん、いかがです、お杏さんを小梅村にお招きしては」

とおこんが誘いかけた。

「小梅村に招いても宜しゅうございますか、稽古の邪魔になりませぬか」

「きれいな娘御を迎え、皆が羨《うらや》ましがろうな。だが、尚武館の門弟もそなたも浮わつくこともあるまい。そなたはすでに己を律する一廉《ひとかど》の剣術家になっておられるでな」

「尚武館は修行の場と、前もってお杏さんに話しておきます」

「尚武館にだって女衆はいるのですよ。辰平さん、そう今から気張らずに自然《じねん》のままにお杏さんに接することですよ」

「は、そう努めます」

と答えた辰平は喉が渇いたか、茶を飲み干して長屋に戻っていった。

「いちばん楽しい時ですね」

「うーむ」

「おや、なにか心配、ご亭主どの」

おこんが磐音の顔色を見て、町娘だったときの口調で尋ねた。

「うーむ、なにか案じることがあるかと尋ねられれば、ない。それがしの気性かのう」

「やっぱり懸念があるのね。言いなさいよ、元浪人さん」

「おこん、箱崎屋どのはわれらが想像もつかぬ豪商であろう。お杏どのの兄二人は既に次郎平どのの右腕となって大所帯を切り盛りし、姉二人はそれぞれ博多の商人の家に嫁いでおられる。末娘のお杏どのだけ武家に嫁に出してよいと思うておられるかどうか」

「だって、辰平さんのことだって知らぬ仲ではなし、二人がこれまで何年にもわたって文をやりとりしてきたこともご存じよ、きっと」

「そうであろうな」

「なにが懸念よ」

「いや、箱崎屋どのが今津屋に江戸訪問を知らせてきたと聞いたとき、おお、これで辰平どのとお杏どのは固く結ばれると思うたものだ。だが、よく考えると、そうとばかりも言い切れまい。もしや、うちの娘を武家方にはやれぬと、断りに来られるのではないかと、辰平どのの喜びの顔を見ておるうちにふと思うたのだ」

「亭主どの、それはありませんよ。このおこんさんが万が一にもないと請《う》け合います、それはないわ」

おこんが磐音の言葉を否定した。

「ないか」

「うちの亭主どのが二人の間に入っていることよ。箱崎屋様に万に一つもそのようなお考えがあるとは思えないわ」

「ないかのう」

「坂崎磐音は一介の剣術家。ですが、家基様の剣術指南を務め、田沼様父子と戦いを繰り返してきた一方の旗頭。その武名はわが亭主どのが考えておられるよりも大きいの。そのことを箱崎屋様が知らないはずはないわ」

「そうであろうか」

「この一件、こんが考えることが正しいわ、安心なされ」

「では、そういうことにしておこうか」

と書きかけの書状に注意を戻そうとした磐音が、

「明日、富士見坂の関前藩江戸屋敷に年末のご挨拶に伺おうと思う」

「武家方の正月は忙しいものね」

とおこんが言い、

「仕度はしておきます」

と答えていた。

三

翌日、朝稽古を終えた磐音は早々に母屋に下がった。尚武館ではすでに稽古納めを終えていたが、住み込み門弟は稽古を休む気などない。

力量と気心の知れた辰平ら一人ひとりを相手に、磐音は短いが気合いの入った稽古をつけた。

磐音の短い指導にも拘《かかわ》らず、やめの声がかかった弟子の中にはその場に崩れ落ちるように座り込んだ者もいた。

そんな稽古を全員につけた磐音は母屋に下がり、季助が沸かしてくれた風呂に入って汗を流した。風呂上がりにおこんに髷を直され、羽織袴に威儀を正し、おこんや空也に送られて母屋を出た。すると早苗が、

「若先生、利次郎様が舟を用意して船着場にお待ちです」

と告げた。

「竹屋ノ渡しにて向こう岸に渡ろうと思うておったのじゃがな。利次郎どのには稽古を中断させて申し訳ないことじゃ」

「利次郎さんはこのところ霧子さんにかかりきりで、おまえ様と一緒にいることが少のうございました。今年最後の外出にお供をしようと思われたのではございませんか。利次郎さんの気持ちを素直にお受けになっては」

おこんが言った。

「ならば遠慮のう厚意を受けるといたすか」

湯に浸《つ》かった磐音の頬に冷たい師走の風が心地よかった。

「父上、早うお戻りください」

「なにか行事があったかのう、空也」

「大みそかはみんなでそばを食べる日です。地蔵の親分さんがそばを持ってこられます」

「おお、そうであったな。本日は旧藩へのご挨拶のみ、遅うはならぬ」

と言い残した磐音が尚武館の船着場に回った。

すでにそこには外着姿の利次郎が舟の仕度を終えて待ち受けていた。そのかたわらには霧子もいた。

「利次郎どの、相すまぬ」

「私の代わりを務めてと霧子に命じられたのです」

利次郎はあっさりと内情を洩らした。

「利次郎さん、そのようなことまでお話しになることはありません」

霧子が窘《たしな》めたが、以前の口調より優しさがこもっていた。

磐音にはだんだんと霧子が回復する様子が見てとれ、それがなにより嬉しかった。

「霧子、日に日に昔のそなたが戻ってくる。ほんとうに年の内に霧子が元気をとり戻してくれてよかった。このことが尚武館にとっていちばんの快事であった」

「若先生、長いことご迷惑をおかけいたしました。私が寝込んでいた間の諸々は利次郎さん方から聞きました」

うむ、と霧子に応じた磐音は猪牙舟に乗った。

「霧子、よいな、独りで無理に体を動かすでないぞ。歩きたければ辰平に同行してもらえ」

「決して無茶はいたしません」

「そうは言うが、そなたはどうも頑張り過ぎるきらいがある。それで体の回復が遅れたら、また皆に迷惑をかけることになるでな」

「はい、分かっております」

霧子の素直な言葉に送られて、磐音を乗せた猪牙舟は堀留から大晦日《おおみそか》の隅田川へと出ていった。

流れにはいつもより多くの荷船が往来していた。

「若先生、いよいよ本日一日を残すのみ、明日は新玉の年が始まりますね」

「あれこれあったゆえ、利次郎どのには記憶に残る天明三年になったであろう」

「霧子が生きていることがなによりも嬉しゅうございます」

「いかにもさよう」

師弟は同じ言葉を繰り返して喜びを嚙み締めた。

「明日には二十七になられるか」

「はい」

「所帯を持ったとしてもおかしくはござらぬな」

「されどそれがしには生計《たつき》の道もございませんし、剣術修行も半ばにございます。尚武館にもうしばらく居候《いそうろう》するのはご迷惑にございますか」

櫓を操りながら利次郎がわが身を案じて磐音に尋ねた。

「なんの迷惑があろうか。紀伊藩では、そなたと辰平どのがそれがしに同道してくれるゆえ、家中では大いに奮い立っておるそうな。事実、若い家臣の方々の熱意がだんだんと高まってきた。もはやそなたら二人の同道は欠かせぬ。そのことだけでも有難く思うておる。なんぞ手当てを出さねばと思うておるのだが、うちの内所は知ってのとおりでな」

磐音の言葉に利次郎がなにかを言いかけ、言葉を呑《の》み込んだ。

「どうした、なにか言いたいことがあるのではないか」

「数日前のことです。おこん様より辰平とそれがしに五両ずつ紀伊藩の手伝い料を頂戴いたしました」

「ほう、それはよかった。そなたらの暮らしが立つほどの手当てが出せればよいのだがな」

磐音はおこんのやりくりの苦労を思った。

「辰平もそれがしも思いがけないことで、初めはお断りしました。ですが、おこん様が、どうしても亭主どのの気持ちを受け取ってくだされと申され、二人して有難く頂戴しました」

「亭主の気持ちな。相手はこちらの気持ちまで読みおるからのう」

「若先生はご存じないことでしたか」

「ふっふっふふ。亭主はのう、女房どのの掌《てのひら》で踊らされているくらいがちょうどよい。円満ということかのう」

「霧子はいつも言うております。私はおこん様にはなれそうもないと」

「利次郎どの、人それぞれに生き方考え方は違うて当たり前じゃ。なにも霧子がおこんを見倣うこともあるまい」

「人それぞれができることをやるのが本分にございますな」

「いかにもさようじゃ」

流れに乗った猪牙舟は利次郎の櫓さばきでいつしか両国橋が見える御米蔵に差しかかっていた。

「若先生、陸奥や出羽一円の飢饉はひどいそうですね。天明の大飢饉はすぐには終わりそうもないと巷《ちまた》の噂にございます。老中田沼様は嫡男の意知様を若年寄に取り立てられるなど、好き勝手に幕政を壟断なさっておられます。このような縁故による政《まつりごと》では、もはや事態を悪くするばかりです。いつ江戸で打ちこわしが起こっても不思議ではありません」

「幕府一丸となって、天明の大飢饉に立ち向かわねばならぬのじゃがな」

磐音はそれだけ利次郎の言葉に応じた。そして、遠く山形の前田屋に残された奈緒と幼子三人がどうしているかと案じた。奉公人の気配もなくなった大きな家で一家四人、ひっそりと肩を寄せ合って生きているのか。

過日、磐音は奈緒に向けて長い書状を書き送っていた。その書状が奈緒の手もとに届くかどうかさえ分からなかった。今津屋を通じて送った金子と書状が届くことを祈った。そして、

(奈緒、そなたはこれまでどのような難儀も乗り越えてきた女子じゃ。幼子のためにもうひと頑張りしてくれ)

許婚であった奈緒に心の中で呼びかけた。

「若先生、それがしより辰平が悩んでおるようです」

「なにを悩んでおられるのであろうか」

磐音は自問するように呟いた。むろん磐音も辰平のすべてを承知しているわけではない。師ゆえに却ってなかなか吐露できないこともあろう。

一方、利次郎はほぼ同じ時期、佐々木道場に入門し、利次郎がでぶ軍鶏《しゃも》、辰平が痩せ軍鶏と兄弟子に呼ばれてきた競争相手だ。二人ともいったん江戸を離れて武者修行をした経験もあり、姥捨の郷で磐音らと暮らしたこともあった。

今や二人は兄弟以上の間柄だ。

「博多からお杏さんが江戸に出て参られるのでございましょう」

磐音が頷くと、

「あいつ、それがしと違い、なかなか胸の内を明かしません。昨日、屋敷に戻った折り、父御の喜内様から、箱崎屋は筑前博多の豪商じゃそうな、そなたとお杏さんが互いに好意を抱いておることは確かであろうが、お杏さんの父御に、江戸に嫁になどやれぬ、ましてや武家の部屋住みになど以《もっ》ての外《ほか》と言われたらどうする、それでも一緒になるというのであれば、武士を捨て博多で所帯を持つしかあるまい、剣を捨て、算盤《そろばん》に生きられるのか、己《おの》が覚悟を決めておけ、と懇々と言われたそうにございます」

磐音は衝撃を受けた。辰平の不安を、すべてではなくとも承知していると思っていた己にだ。

「松平家ではそこまで案じておられたか」

「辰平は、剣の道を諦めるのは難しいと悩んでおるのです」

磐音は気持ちを落ち着け、長いこと沈思した。

「箱崎屋どのがどう考えておられるかは分からぬ。ゆえに今案じても致し方ござるまい。その折りの辰平どのの決断をわれらは尊重するしかあるまいな」

磐音の言葉に首肯した利次郎が、

「その点、それがしのほうは気楽です。霧子はだれ一人縁者がいないのですからね」

「そなたが霧子の足りない分を埋めねばならぬ」

と注意すると、

「若先生、分かっております」

と力強く応じた利次郎が櫓に力を入れると、猪牙舟の舟足が上がった。

豊後関前藩の江戸屋敷を訪ねると門番が、

「おお、これは坂崎磐音様」

とにこやかに迎えてくれた。

江戸藩邸を鑓兼参右衛門《やりがねさんえもん》が専断していた時期、鑓兼派と反鑓兼派が対立して、藩邸内には刺々《とげとげ》しい気配が漂っていた。ために磐音が訪問しても快く迎えられたわけではなかった。

だが、国許の関前から国家老の坂崎正睦が藩の所蔵船に密かに乗り込んで江戸入りし、磐音らの助けもあって、お代の方を後ろ盾にした鑓兼派は一掃された。

さらに実高が跡継ぎの俊次を伴い参勤上番《じょうばん》して、関前藩江戸屋敷はもとの平静さを取り戻していた。

「留守居役の中居《なかい》半蔵《はんぞう》様にお目にかかりたい。年の瀬の挨拶に伺うた」

門番に用件を述べていると、藩物産所の玄関先から当の半蔵が声をかけてきた。

「小梅村の若先生、なにをしておる。用事ならばさっさと通らぬか」

藩物産所の組頭稲葉諒三郎《いなばりょうざぶろう》が中居半蔵のかたわらに立っていた。なにやら新旧の藩物産所組頭で打ち合わせを終えたという体《てい》だった。

「中居様、稲葉どの、押し詰まりましたが年の内にご挨拶をと伺いました。挨拶ゆえ早々に引き上げます」

「磐音、それで事が済むか。門前でそなたに引き上げられては、わしが殿に叱責されるわ。案内する、奥に通れ」

と半蔵が命じ、利次郎が、

「若先生、それがし、こちらで待たせてもらいます」

と藩物産所を差した。

「おお、重富利次郎どのが供であったか。雑賀霧子が回復したそうじゃな、俊次様から教えられた。まずは祝着至極《しゅうじゃくしごく》」

「有難うございます」

「おぬしも坂崎磐音に同道せよ」

「おお、奥にでございますか」

「霧子の一件は殿もいたく気にかけておられたのじゃ。なにしろ俊次様を襲わんとした手合いから、霧子は毒を塗った矢傷を負うたのじゃからな。それがしに従え」

留守居役にしては、いささか気軽に磐音と利次郎を福坂実高のもとへと案内していくという。藩の大きな懸念が一掃され、正月を迎えることができる想いが半蔵を大らかにしていた。

二人は従うしかない。

奥の書院で実高は俊次に正月の総登城の習わしを教えていた。

正月三が日は大名諸家、旗本ら御目見《おめみえ》を許されたものは官位に従い、装束を改め、将軍家との拝謁《はいえつ》の儀が催された。外様《とざま》大名六万石の関前藩主は五位《ごい》諸大夫《しょだいぶ》が官位、総登城の日は大紋《だいもん》を着す。

俊次は跡継ぎゆえ総登城に加わることはない。だが、実高は自らの隠居を考えてか、城中の仕来《しきた》りのあれこれを俊次に教えていたのだ。

「おお、磐音か、よう参った。もはや大晦日ゆえ顔は見せまいと思うておった」

廊下に座した磐音が一礼すると俊次が、

「養父上、供に従いし者は重富利次郎どのと申され、それがしが襲われしとき、身を挺《てい》して助けてくれた雑賀霧子どのに親しい門弟にして、実家は土佐藩山内家の臣下にございます」

「霧子なる者、回復したそうじゃな。磐音、なんとも悦ばしいのう。重富利次郎、よう参った。中居半蔵、酒《ささ》の仕度をせよ」

実高が上機嫌に命じると、なんと留守居役という重職の中居半蔵が、はっ、と畏まって辞去した。

「さあ、二人して予《よ》の近くに寄れ。それでは話もできまい」

実高は二人の訪問者を書院に招き入れた。

「天明三年も本日かぎり。関前藩ご安泰の様子、祝着至極にございます」

「それもこれも坂崎父子が汗をかいた賜物《たまもの》よ。最前、中居より本年の物産事業の収支の報告を受けた。あの騒ぎがあったにも拘らず、なにがしか利が出たそうな。それもこれもそなたらが、物産事業の礎《いしずえ》を築いてくれたお蔭よ。藩邸内に磐音稲荷をお祀《まつ》りせねばなるまいて」

実高が上機嫌で軽口を叩いた。

「実高様、それがし一人の力ではございませぬ。明和九年とこたびの騒動の折り、斃《たお》れし数多《あまた》の人々の尊い犠牲があったればこそ、ただ今の関前藩の安泰がございます」

「忘れはせぬ」

磐音は脳裏に過《よぎ》った考えがあった。だが、軽々に口にすることではないと胸に仕舞った。

「実高様、明和九年から来年は十二年目、それがし、あの騒ぎで亡くなった友の十三回忌に関前に参りとうございます。ご入国お許しいただけませぬか」

「そうか、十三回忌か。光陰矢《こういんや》の如しよのう」

「いかにもさようにございます」

「参勤下番《かばん》は夏の初め、そなたも同道せぬか」

実高が言ったところに中居半蔵がひょこひょこと戻ってきた。三方《さんぼう》を捧げ持った小姓を従えていた。それでその話はそのままになった。

「殿、酒の仕度はしばらくお待ちくだされ」

と願った半蔵が小姓に、

「殿の前に」

と命じた。

三方には袱紗《ふくさ》が掛けられてあった。

「そなた、豊後関前を離れたが、予は常に家臣と思うてきた」

「畏れ多いことにございます」

「家臣ならば俸給をとらせねばなるまい。じゃが、明和九年以来、なんの沙汰《さた》もなしにこれまできた。磐音、いささか遅うなったが受け取ってくれ」

「滅相もないことでございます。それがし、二君に仕《つか》えず、福坂実高様ご一人《いちにん》が主君であることに生涯変わりはございませぬ。ですが、俸給を戴くほどの働きをしたとは到底思えませぬ。それがし、父の手伝いをなしただけ、子なれば当然のことにございます」

磐音は固辞した。

「坂崎磐音、よう聞け。俊次を関前藩の跡継ぎとして幕府に早々に認めてもらえたのは、速水左近どのと昵懇のそなたがおったればこそであるぞ。また関前藩六万石は鑓兼らの策謀にのり、阿片《あへん》抜け荷という危ない橋を渡ってしもうた。その始末を内々につけられたのも、亡き家基様の剣術指南にして人望厚きそなたがおったからじゃ。中居半蔵、そうは思わぬか」

「はっ、いかにも殿の仰せのとおりにございます」

と応じた半蔵が、

「磐音、殿のお気持ちじゃ」

「はっ」

と畏まった磐音は、

「殿のお気持ちだけで、坂崎磐音、十分にございます」

「磐音、もう一つ言いたいことがある。お代の間違いを諫め、死の途より生きる苦しみをと、仏の途に進むことを忠言したのも正睦と磐音の父子であったな。福坂実高、坂崎父子という忠臣をもって幸せ者よ。その礼じゃ、受け取ってくれぬか」

「殿、有難く頂戴いたします」

磐音はその場に平伏し、小姓の手から三方を戴いた。もはや固辞する理由が見付からなかった。

そこへ女中衆が膳を運んできて、

「磐音、予と酒を酌み交わすのは久しぶりではないか」

と実高が話しかけ、

「俊次、師に酒を注がぬか」

「実高様、小梅村にあるときは俊次様とは師弟の間柄かもしれませぬが、江戸藩邸の中では俊次様は関前藩六万石の跡継ぎにあらせられます。酒を注いでいただくなど滅相もないことで」

　磐音は遠慮した。俊次もどうしてよいか分からない様子で養父と磐音を見ていた。

「ならば、この中居半蔵が磐音に酒を注ぎましょうかな。殿と若殿に酒を」

　と女中衆に命じた半蔵が磐音と利次郎の酒盃を満たし、磐音が、

「江戸留守居役様に一献献上いたします」

　と注ぎ返した。

「磐音、利次郎、世話になったのう」

　実高が乾杯の音頭をとって、その場にある者たちが天明三年大晦日の旨酒《うまさけ》を飲み干した。

四

「若先生、よい大晦日でございましたな」

昌平橋《しょうへいばし》に向かう道すがら、利次郎は豊後関前藩の藩主福坂実高に思いがけなく対面ができたことに、いささか興奮していた。手には実高から磐音が頂戴した、「俸給」が提げられていた。

「いかにもさよう」

「若先生、小判とは重いものにございますな。それがし、かような重さの小判を初めて持ちました」

利次郎は無邪気にも言った。

「いかほどあるのでございましょう」

さあてな、と磐音は応えたが、玄関先まで見送った中居半蔵に、

「磐音、五百両を捻出するのはなかなか大変であったぞ。まあ、そなたの功績には足りぬがな」

と耳打ちされたので承知していた。

「俊次様の若様ぶりも板についてきたようで、この次、稽古をなすとき、六万石の跡継ぎに怪我をさせてもならぬと気を遣います」

利次郎の関心はすでに俊次に移っていた。

「利次郎どの、道場に入ればそのような心遣いは無用じゃ」

「はい」

「実高様には却ってお気を遣わせてしもうた」

磐音は呟いていた。

ほろ酔いの磐音と利次郎は、昌平橋際に止めた猪牙舟に乗り込み、大晦日の宵の川面へ漕ぎ出した。

筋違橋にも和泉橋にも新シ橋にも浅草御門にもお店《たな》の奉公人が忙《せわ》しげに往来し、仕事納めの酒に酔った職人衆がよろよろと行き交っていた。

(うちの支払いはすべて終えていようか)

磐音は案じ、

(おこんのことゆえ、遺漏《いろう》はなかろう)

と考え直した。

猪牙舟は柳橋を潜り、大川へと出た。

磐音の乗る猪牙舟は、船の往来で川波が立つ浅草下平右衛門町《しもへいえもんちょう》から信濃上田藩《しなのうえだ》松平家の揚場に差しかかっていた。

揚場とは荷揚場の意で、敷地の東側が大川に接した上田藩の船着場だ。すでに年内の御用は済んだとみえ、きれいに掃除を終えた何艘《そう》もの船が、舳先に正月飾りをつけて舫われていた。

磐音の膝の上には袱紗に包まれた五百両があった。

尚武館にとってなんとも有難い金子であった。できることなれば道場をもう少し広げたいとも思った。門弟がだんだんと増え、七十六畳余の道場をせめて百畳にまで広げれば、思い切った稽古ができようと磐音は思っていた。

とはいえ、おこんにも切羽《せっぱ》詰まった金子の入り用があるかもしれなかった。

「利次郎どの、いつぞや、そなた、土佐藩主山内豊雍様に婿養子はご免蒙《こうむ》るとお断りになったな。あの折り、即座に断った背景には霧子のことがあったからであろう」

「はい」

「そなたの暮らしが立つように仕官する気はあろうか」

「このご時世です。土佐藩に限らず、仕官の口などありましょうか。またそれがし、今少し尚武館で修行を積みとうございます」

利次郎の答えは辰平と同じものだった。

「じゃが、いつまでもというわけにはいくまい。そなたの家は山内家の近習《きんじゅ》目付三百七十石だが、家督は当然嫡男が継がれよう。辰平どのもそなたも明日には二十七になるのであったな」

「はい」

「剣術修行は別にして、二十七ならば一家の主になってもよい歳。なんぞ考えねばなるまいな」

「お考えがございますか」

利次郎が問い返した。

「まず豊雍様に、そなたの身の振り方をご相談申し上げねばなるまい。あのようにお声をかけてもろうたのじゃからな。殿様が好きにせよと仰せならば、次の手を考えようか」

「うちは兄の正一郎《しょういちろう》が父の跡目を継ぎます。私が家臣の列に就くことは無理にございましょう」

「であろうと、まずは豊雍様にご相談申し上げようかと思う。そのこと、父御に尋ねてくれぬか」

「三が日のうちに霧子を伴い、屋敷に戻ります。その折り、父に相談します」

利次郎が答えていた。そして、

「若先生、最前から灯りも灯さぬ船がわれらに従うているように思えますが、いかがいたしましょうか」

「なにやら大つごもりまで多忙なことじゃな」

磐音も神田川の途中から気付いていた。

「剣術家の運命《さだめ》にございます」

ふっふっふふ、と利次郎の返答に磐音が微笑み、

「小梅村まで連れていくのも面倒な、首尾《しゅび》の松《まつ》辺りで様子を見ようか」

はい、と利次郎が張り切った。

首尾の松、大川の名所の一つだ。

幕府の御米蔵の四番堀と五番堀の間にあって、川の流れに突き出すようにあった。ちょうど御米蔵の真ん中あたりで、柳橋や深川から舟で吉原に通う客の眼を楽しませたそうな。

利次郎は首尾の松の差しかける松の枝葉の下に猪牙舟を止め、舫い綱を杭に巻き付け、棹を手に尾行してきた船を待った。

猪牙舟よりも一回り大きな高瀬船、平底船だ。

乗っている人影は、船頭を除けば三人と見えた。その船頭も堅気ではなく無頼者の気配を細身から漂わせていた。

利次郎が猪牙舟を止めたので、船頭は船足を緩めて仲間らに相談している様子があった。

風が大川の上流から緩く吹き付けているために話し声は聞こえない。だが、話が纏《まと》まったとみえて、高瀬船はゆっくりとこちらの様子を窺《うかが》うように漕ぎ上がって来た。

先回りしてこちらの様子を見るつもりか、猪牙舟のかたわらを抜けようとしたとき、利次郎が声をかけた。

「神田川から尾けてきたようじゃが、なんぞ用か」

高瀬船に乗っていた侍らに、ぎょっと驚きの様子があった。

猪牙舟の灯りで、三人の侍と船頭方は、関八州辺りから食い詰めて江戸に流れ込んできた者と推察された。

尾行する舟の主がだれか知らずに、金子目当てに尾けてきたかと主従二人は思った。

「若先生、迂闊《うかつ》でした。それがしが道すがら、小判は重いなどと口にしたものですから、こやつらの耳に入ったと思えます」

「どうやらそのようじゃな」

磐音の言葉は穏やかだ。

高瀬船は櫓を止めたまま、四人は無言で迷っている様子があった。

「やろう」

と一人が自ら決断するように言った。

「やるぞ」

とまた声をかけた。

「なにをやろうとなさるおつもりか」

「知れたこと。そなたらが持つ小判を頂戴いたす」

「これでしたか。この五百両はそれがしの旧主様から頂戴した大事な金子。差し出すわけには参りませぬな」

「なに、五百両じゃと。これまで稼ぎ貯めた金と合わせると、江戸をあとにする路銀に十分ではないか」

「大晦日になんともうまいかもと出会うたものよ」

と言い合った三人が高瀬船に片膝をついて刀を抜き、

「作次《さくじ》、船を寄せよ」

と斬り込む態勢を整えた。

「やめればよいものを、後悔することになるぞ」

利次郎が棹に片手をかけて言った。

「四人に二人、どでかい獲物を逃すなよ」

「合点だ」

と互いが言い合い、まず船頭が高瀬船を猪牙舟の横腹にぶつけて、一味が斬り込む構えを見せた。

磐音は動かない。

三人は磐音の動きを見ていた。

その瞬間、利次郎の棹が抜かれると、高瀬船から飛び移ろうとした無頼の侍の脇腹を思い切り突いた。

ぐえっ

と呻き声を洩らした相手が高瀬船に転がった。

「やりおったな」

利次郎に挑みかかろうとした二人の鳩尾《みぞおち》と胸を次々に、槍折れの術でいとも容易く仕留めた利次郎が、その棹先を高瀬船の船頭方に向けた。

「その船もどこぞから盗んできたのであろう。天明の大飢饉といわれるご時世に盗み集《たか》りとは許せぬ」

「利次郎どの、こやつらを乗せた船を南茅場町《みなみかやばちょう》に回そうか」

磐音が高瀬船に飛び移り、船頭方の無頼者を睨んだ。

磐音と利次郎が小梅村に戻ったのは、五つ半（午後九時）を過ぎていた。尚武館にだれもいない様子に二人は母屋へと回った。

「ただ今戻りました」

利次郎が声をかけると、空也が飛び出してきて、

「父上は早く戻るとやくそくなされましたよ」

と抗議した。

「空也、すまぬ。あれこれあってな」

磬音が言い訳をしながら座敷に入ると、膳を前に一同が待っていた。

「なに、夕餉も食せずにわれらの帰りを待っておったか。それはなんとも悪かった。ご一統、詫びを申します。空也、許せ」

と磬音が頭を下げるのへ、

「まずはお腰のものを」

おこんが磬音に手を差し伸べた。

「おこん様、若先生の刀よりこちらを受け取ってくださいまし」

と利次郎が五百両の袱紗包みを差し出した。

「なんでございましょう」

「福坂実高様が若先生に下しおかれた五百両です。それがし、小判の重さをつくづく思い知らされました。その上、この金子目当てに強盗まで出てしまいまして」

利次郎がおこんに渡した。

「若先生と利次郎を強盗が襲ったというか。なんとも愚かな者がいたものよ」

田丸輝信が驚き、頷いた利次郎が説明を始めた。

首尾の松での小さな騒ぎの後、四人を南茅場町の大番屋に船二艘で引き立てると、大晦日とあって、南町奉行所の年番方《ねんばんかた》与力《よりき》の笹塚孫一《ささづかまごいち》ら与力同心が大勢詰めていた。事情を知った笹塚が、

「世の中には馬鹿者もいたものよ。尚武館坂崎道場の主に集りおったか。一郎太《いちろうた》、こやつらではないか、このところ頻々《ひんぴん》と夜道で集金帰りのお店の番頭らを襲う輩《やから》というのは」

「四人組といい、一人はやくざ者といい、関八州の代官所から手配書が回っていた某藩の元家臣藤田《ふじた》角五郎《かくごろう》一味にまず間違いございません。あやつらならば坂崎様の大手柄、早速痛めつけて吐かせましょう」

四人は早速大番屋の柱に括《くく》りつけられた。

「笹塚様、木下《きのした》どの、この者たちを捕えたのは重富利次郎一人、それがしは見物しておっただけにございます」

と説明した磐音は、

「笹塚様、ご一統様、よいお年を」

「なに、もう帰るのか。折角じゃ、年の瀬はなにかとある、手伝うていかれよ」

強引に引き止めようとする笹塚の申し出を固辞して、磐音と利次郎は大番屋か

ら急ぎ小梅村に戻ってきたのだ。

その経緯を利次郎が手際よく話す間に磐音は着替えた。

「若先生、天明三年の騒ぎもこん四人組騒動で終わりやろたい」

「小田どの、いくらなんでもこれにて幕引きにしとうござる。おこん、皆を待たせてしもうた、酒と年越しそばを用意してくれぬか」

「女衆がすでに用意しておられます」

と言うところに酒が運ばれてきた。

辰平らも手伝い、瞬く間に大つごもりの夕餉と年越しそばの仕度ができた。

「天明三年、小梅村の尚武館道場の基礎固めが、ご一統の尽力でなったと思うており申す。新たな年は亡き養父佐々木玲圓の遺志をついで直心影流尚武館道場の再興を目指します」

と磐音が挨拶し、

「もう一つ、この年の瀬が悦ばしいのは、雑賀霧子が回復したことにござる。なんともよかった、嬉しい出来事であった」

としみじみ磐音が洩らすと、

わああっ

と感極まった泣き声が響いた。

みると利次郎が号泣し、かたわらの霧子が茫然と見ていた。

「うーむ、こりゃ、利次郎さんと霧子さんのところはたい、どげん考えてんくさ、夫婦の役割が反対たいね。まあ、それで円満にいくならたい、よかよか。利次郎さん、好きなだけ霧子さんの胸で泣かんね」

「小田様、やめてください。利次郎さんは私の体の何倍もございます」

「ばってんくさ、肝っ玉も度胸もくさ、霧子さんが上たいね」

「利次郎さん、好きなだけ泣かんね、すっきりするたい」

と空也が小田平助の訛りを真似たため、一座に笑いが起こった。

霧子が手拭いでそっと利次郎の涙を拭き、

「霧子、利次郎どのが関八州を荒らし回っていた四人組を独りで制した棹さばき、そなたに見せたかったぞ。利次郎どのは心優しい力持ちの金太郎のようじゃ」

と磐音が告げ、

「利次郎、重富金太郎と名を変えるか」

磐音の言を受けて辰平が言うと、

「やめてください、辰平さん」

と霧子が悲鳴を上げた。

「気持ちのよい年越しにございましたね」

寝間に落ち着いたおこんが磬音にしみじみと言った。

「それがし、再来年は不惑《ふわく》、門弟衆が立派になるはずじゃ。辰平どのも利次郎どのも、それがしが藩政改革を夢見て豊後関前に戻ったときと同じ年齢になっておられる」

「来年の年越しに、二人はもはや小梅村にはおられませぬか」

「はてどうであろう」

と答えた磬音が、

「付けを払い残したところはないか」

「ございません」

「おこんがしっかり者ゆえ尚武館は盤石《ばんじやく》じゃ」

「年の瀬に思いがけない金子を実高様より頂戴しました」

「それじゃ。そなたが五両ずつ、辰平どのと利次郎どのに渡したのは承知しておる。小田平助どのや、どこからも金の入ってくることのない住み込み門弟になにがしか渡せるとよいのだがな」

「たくさんではございませんが、小遣い程度のものを仕度してございます」

「万端整っておるか」

「五百両、なんぞ使い道がございますか」

「今津屋どのに相談せねばなるまいが、道場を少し広げるために一部を使いたい」

「もはや手狭でございますものね」

「松の内が明けたら吉右衛門《きちえもん》様に願うてみよう」

と応じた磐音は、

「実高様が、慎之輔《しんのすけ》と琴平《きんぺい》、舞《まい》どのらの十三回忌に、関前を訪ねることをお許しくだされた。その上、参勤下番に同道せぬかとも仰せられた。下番は夏の初めじゃ」

「同道なされますか」

「いや、尚武館が未だ落ち着いたとはいえまい。三人にはいま少し待ってもらおう」

磐音の頭には当然のことながら田沼一派との暗闘があった。

「奈緒様のこともございます」

「改めて一八どのに書状を言付けるつもりじゃ。だが、おそらく奈緒どのから返書はあるまい。なんとか一人で身の振り方をつけようと思うておるのだろう」

「おまえ様、奈緒様のお気持ちが知りとうございますね、なによりもそれが大事」

「いかにもさよう。これまでも頑なにこちらの手助けを拒んできたからな」

「それだけ未だ昔の許婚に想いを残しておられるのでございましょう」

「おこん、それがしと奈緒どのが許婚だったことは事実だ。だが、多くのことが二人の間を引き裂き、別々の途を歩いて参った。互いに所帯を持ち、子も生《な》した。奈緒どのとて、そのことは重々承知しておろう」

「理で悟ったとしても、気持ちは割り切れないものではございませぬか」

「それを乗り越えていくのが人の理知じゃ。奈緒どのとて遊女三千人の吉原という遊里で頂点を極めたほどの女子じゃ。昔に戻れるなどとは考えまい」

磐音の言葉におこんは応えなかった。

しばし夫婦の間に沈黙があった。

「奈緒様はなにを望んでおられましょう」

「先方から返書がくることがあればのう」

「はい」

磐音の胸の中におぼろに考えが浮かんでいた。だが、奈緒をはじめとして多くの人々の理解がいると思った。

残るは田沼意知の相良行きに密行している松浦弥助の首尾だった。だが、弥助は老練《ろうれん》な密偵だ、万に一つの間違いもなかろうと磐音は信じていた。

じりじりと行灯《あんどん》の灯心が燃える音に空也の寝息が重なった。

「よい大つごもりであった」

磐音が呟いたとき、浅草寺で撞《つ》き鳴らされる除夜の鐘が川面を渡って小梅村に伝わってきた。そして、小梅村界隈の寺の鐘に重なった。

煩悩《ぼんのう》をはらう百八つの鐘の音だった。

夫婦は静かに鐘の響きに耳を澄ました。

第五章　極意披露

一

天明四年（一七八四）が明けた。

磐音と住み込み門弟らは尚武館道場に明け六つ（午前六時）に集い、神棚に拝礼したあと、一刻半（三時間）の稽古をなした。

その間に季助と霧子が白山を伴い、小梅村界隈を散歩した。白山の散歩が主たる目的だが、霧子の体力を回復させる狙いもあった。今や霧子は季助らの歩きに劣らなかった。時に白山が駆け出すと一緒になって走ることもあった。

「霧子さんや、もそっとゆっくり動いてくだされ。白山とてそなたに従えぬ。わっしは歳じゃ、とても無理じゃ」

と季助が悲鳴を上げることもあった。

霧子は季助には黙っていたが、手首足首に布に包んだ重さ二百匁《もんめ》ほどの鉄菱《てつびし》を巻き付けていた。その手足を前後に振っては早足を繰り返していた。

五つ半の刻限、尚武館の朝稽古が終わった頃には白山の散歩、いや、霧子の体力回復の運動も済んでいた。季助の長屋の土間で沸かした湯を桶に分けてもらい、自分の長屋に持ち帰り、かいた汗をきれいに拭って着替えをしていたため、利次郎も霧子がそのような運動をしているとは想像もしなかった。

「霧子、爽《さわ》やかな顔をしておるではないか。体の具合はだいぶよいようだな」

利次郎が霧子に言った。

「白山の散歩に同行するせいで、気持ちが晴れやかになります」

「正月のせいか、言葉遣いも丁寧じゃ」

「明日、利次郎さんのご実家に招かれております。お里が知れぬよう、今から稽古をしております」

「ふーん、部屋住みの次男坊が霧子を連れて帰るだけだぞ。それに武家方の正月など窮屈なだけで面白うもないがな。親は親ゆえ、年頭の挨拶くらいせぬとな、そなたのこともあるし」

利次郎は言い訳するように呟いた。霧子はなにか言いかけ、その言葉を呑み込んで別のことを告げた。

「本日、おこん様が私に晴れ着を貸してくださるそうで、着付けを習います」

「おこん様の着物か。よいものであろうが、霧子にはちと地味ではないか」

「おこん様が選ばれたものです、あれこれと言うてはなりませぬ」

「そのようなことは分かっておる。二人だけの秘密じゃ」

利次郎が言うと、

「利次郎、そなたの声はよう通る胴間声《どうまごえ》じゃ。われらにも筒抜けじゃぞ」

「えっ、辰平、そなたら、われらの内緒話を盗み聞きしておったのか」

「盗み聞きなどしなくても耳に入ります。若先生も聞いておられましたゆえ、今頃はおこん様に伝わっていることでしょう」

辰之助が口を挟んだ。

「おっ、真か。おお、元旦早々合わせる顔がないぞ、困った」

利次郎が頭を抱えた。

「利次郎さん、若先生はとっくに母屋にお戻りです。からかわれているのです」

「なんと、辰之助め、正月から担ぎおったか。道場に来い、稽古をつけてやる」

「利次郎、いつまで稽古着でふらふらしておる。そなただけ道場においていくぞ」

「ま、待て」

利次郎が井戸端に走り、慌てて手足と顔を洗い、肩脱ぎになって汗を拭い落とした。長屋に駆け戻ると外着に着替えた。

「うーん、この外着もだいぶくたびれてきおったな。屋敷にそれがしの晴れ着など誂えてはあるまい。部屋住みはつらいのう」

と言いながらなんとか着替え、

「お待ちどお」

と外に出てみたが、もはやだれもいなかった。

慌てて尚武館の裏手に回り、竹林と落葉した林に入ると霧子が待っていた。

「待たせたか、すまぬ」

霧子は利次郎が来るのを待って歩き出した。

「明日のことがなにか心配か。土佐の家風は男があれこれと口を出すことじゃが、欠点は、言うだけで最後までやり遂げた例《ためし》はない。途中で放り出すことが得意技でな。口先男が土佐っぽの気性ゆえな、父がなにを言うても聞き流せ」

「そのようなことを考えてはおりませぬ」

「ならばどうした」

「師匠です。遠江の相良でどのような正月を過ごしておられるかと案じたのです」

「そうであったな。弥助様から若先生のところに書状が届いたふうはない。探索に苦労をしておられるのか。そなたが元気になったのだ、ともに正月を祝えるとよかったがな」

はい、と霧子が素直に応じていた。

座敷には洗米《せんまい》、昆布、橙《だいだい》が添えられた鏡餅《かがみもち》が飾られ、一同が座敷に会した。

朝餉と昼餉を兼ねた尚武館の食事は、正月元日とて変わらない。だが、銘々に用意された箱膳が並び、小鯛の焼き物がついた御節料理はなんとも晴れやかで、門弟たちは、

「おおおっ」

と喜びの声を上げた。

箱膳もいつもの白木と違い、塗り物だ。

今津屋の備品で、由蔵からは、蔵にある備品はなんでも使うように主夫婦《あるじ》の許しを得ていると前々から言われていた。そのことをおこんが思い出し、年の内に蔵から出して、ぬるま湯で清めていた。

やなぎで造られた白木の祝い箸も清々《すがすが》しかった。

「なんだか、どこぞの料理屋に呼ばれたようだな」

辰之助がそわそわとした。

「わしも落ち着かんたい。こげん正月が迎えられるとはたい、思いもせんやったばい」

と小田平助も箱膳を見つめた。

女衆が雑煮《ぞうに》を盆に載せて運んできて、屠蘇《とそ》も届いた。

屠蘇は暮れの内に桂川甫周国瑞から頂戴したものだ。全員が席に着いたところで、霧子が屠蘇方を務めた。その様子を利次郎が笑みの顔で眺めていた。

「利次郎、目尻が下がっておる」

と田丸輝信にからかわれたが、

「やっぱり寝込んだ霧子より元気な霧子がなんぼかよい」

と受け流した。

屠蘇は厄病除《やくびょうよ》けの呪《まじな》いとして、平安の頃より諸国に定着した習わしだ。ために歳の若い者から飲み始めるのが仕来りで、おこんが指につけた屠蘇を睦月、空也と順に舐《な》めさせると、

「これは苦かばい」

と空也が顔をしかめた。

「歳の順ち言いなはるな。となると季助さんかわしが最後たいね」

と年少者から飲み干し、最後に小田平助、季助と飲み納めた。

「うーむ」

利次郎が屠蘇の代わりに燗徳利に手を出し、膳の上の奉書包みに眼を留め、これは食いものか、と呟いた。

「食いものではなかろう」

と辰平が言い、おこんが、

「お蔭さまで尚武館坂崎道場も無事に天明四年の正月を迎えることができました。主どのの許しで、些少《さしょう》ですがお年玉を配らせていただきました。お納めくださ い」

「なんち言いなはると、こん小田平助もお年玉を頂戴できると。こりゃ、今年は

ですがな」

「平助どの、去年はあれこれとござった。今年は平穏無事に過ごせるとよいので
景気がよかばい」

磐音が小田平助に話しかけた。

「川向こうにおられるお方次第たいね」

平助が気を引き締めるように答え、一同が大きく頷いた。

「ささっ、お酒も用意してございます。雑煮が冷めぬうちに食しましょうか」

おこんが言った。

「新玉の年、おめでとうござる」

磐音の祝辞に一同が、

「おめでとうございます」

と応じて、小梅村の正月の祝い膳は始まった。

住み込み門弟衆や奉公人は、元日の朝稽古を終えて祝い膳を食したあと、それぞれが屋敷に戻った。だが、利次郎と霧子は正月二日に呼ばれているということで小梅村に残った。

元日の昼下がり、磐音一家四人に利次郎、霧子、それに小田平助と季助で三囲《みめぐり》稲荷にお参りに行った。小梅村の氏神様に土地の人々がお参りに来ていた。

坂崎一家が拝礼を済ませたところに野太い声が響いた。

「おお、やはり来ておったか」

振り返らずともすぐに武左衛門の声と分かった。

「なにやら武左衛門さんの声が清々しく聞こえます」

睦月の手を引いたおこんが笑いかけた。

武左衛門は安藤家の紋付法被を着て、勢津らを従えていた。早苗、秋世、市造のほかに、なんと鵜飼百助のもとに奉公に入った修太郎までいた。

「まさかそなた、鵜飼様のところを」

驚きの言葉を吐こうとした利次郎の口を霧子が押さえて黙らせた。

「利次郎さん、師匠に愛想を尽かされたわけでも、おれが尻を割ったわけでもないよ。師匠の百助様が本日暮れ六つ（午後六時）まで家に戻ることを許すと言われたんで、さっき長屋に戻ったところなんだよ。そしたら姉ちゃんが、尚武館の一家は三囲様に初詣《はつもう》でに行くはずと言うので、こうして一家で出てきたところさ」

と挨拶した。

言葉遣いはまだまだだが、態度は以前より随分と落ち着きがあった。

「坂崎先生、おこん様、去年は迷惑をかけてすんません」

修太郎はぺこりと頭を下げた。その尻を早苗がぱちんと叩き、

「鵜飼先生のところでは言葉遣いを直されなかったの」

「姉ちゃん、研ぎ場を知らないな。あそこじゃ言葉はいらないんだよ。師匠の気持ちを読んで、さっと動く。それが作法なんだと、信助さんが教えてくれた」

「修太郎はお師匠様の望むことが分かるの」

「それがさっぱりなんだよ。信助さんも、親子でも分からないことがあると言っていたぜ。おれはよ、師匠がなにをやりたいか一日でも早く分かるように頑張る」

修太郎は、そう言うと三囲稲荷の拝殿に進み拝礼すると、なにごとか胸の中で願っていた。そして、振り返ると、

「父上、母上、師匠の家に戻ります」

と一同に一礼するや、三囲稲荷の境内から足早に出ていった。

ふうっ

と大きな息を吐いた者がいた。

　勢津だ。

「まだ得心できぬのか、勢津」

「おまえ様、これでよかったと言い聞かせております」

「あやつがわれらを父上、母上なんて呼んだことがあったか」

「遠い昔にあったような、ないような」

「あやつ、鵜飼百助様のもとで変わろうとしておる。むろん修業は十年二十年と続こう。あやつが泣き言を言うてくるのは眼に見えておる。その折り、支えるのはわれら身内だけじゃぞ」

「魂消た」

　利次郎が呟き、霧子にまた睨まれた。

「言うた当人が驚いておるくらいじゃ。利次郎が腰を抜かしてもわしは驚かん」

「来年の正月が楽しみですね」

「おこん様、来年までもちましょうか」

「女親はいつまでも子のことを案じてしまうものですね。最前の修太郎さんを見ていると、一皮剝けたように思います。きっとよい研ぎ師に育たれるのではないでしょうか」

「だといいのですけど」

「勢津、修太郎よりもそなたが心配じゃ。吉岡町の鵜飼家を覗きに行ったりせぬようにな」

「は、はい」

と勢津が曖昧な返答をした。

「母上、このことばかりは、父上より母上のほうが案じられます。最前おこん様が言われた、いつまでも子のことを案じてしまうものとの言葉、勘違いしないでくださいい。竹村家には兄弟姉妹四人いるのです、母上は嫡男の修太郎のことばかりを気にしておられますが、秋世や市造の行く末にも目を配ってください」

早苗の言葉に勢津が弱々しく頷いた。

「竹村家は親より子がしっかりしとるばい」

小田平助もつい本音を洩らした。

「平助どん、そう正直に言うでなか、わしもつらいところよ」

武左衛門も弱音を吐いた。

「武左衛門様、そうではございますまい。子らがしっかりと親を乗り越えて成長されるのは喜ばしきことです」

「そうかのう」

「そうでございますとも」

おこんが武左衛門に応じ、

「ともあれ、今年も宜しゅうお願い申します」

と頭を下げた。

「おお、そうだ。忘れておった」

と叫んだ武左衛門が、

「おこんさん、すまぬ。早苗は新年のお年玉を坂崎家から頂戴したというて、弟妹三人に小遣いを配りおったぞ。親もできぬことをしおって。それもこれもすべて尚武館に奉公したからじゃ。どうやら、尚武館にも光があたってきた気配がある。わしも安藤家を辞めて……」

「父上、そこまでにしてください」

早苗にぴしゃりと止められた。

「うう－ん、竹村家は子でもっちょるたい」

と小田平助が改めて感心した。すると、

「よかよか」

と空也が相槌《あいづち》を打った。

その夜、稲荷小路の実家、松平家に戻っていた辰平が母屋に挨拶に来た。

「あら、今晩はお屋敷にお泊まりになると思うておりましたのに」

「おこん様、そう思うて出たのですが、部屋住みはこき使われるばかり、明日になると年始客の応対の手伝いをやらされます。酔っ払いの付き合いはご免です」

と辰平がおこんに応じるのへ、

「若先生、父より言付けにございます」

「喜内様から言付けとな」

「昨年十一月に若年寄になられた田沼意知様が、新番士佐野善左衛門様を御小納戸頭取に任じるとの命を下されたそうな。父はご存じのように小納戸衆奥之番にございます。新番士は、二百五十俵高、御目見以上、布衣《ほい》以下の役職にございます。佐野様は五百石高にございますが、御小納戸頭取は千五百石高、御目見以上、諸大夫の役職です。いくら若年寄支配とは申せ、いきなり頭取はなかろうと、ただ今御小納戸頭取が体を張って阻まれておられるとのこと。田沼父子と尚武館は因縁の間柄ゆえ、お知らせしておくようにとのことにございました」

「お父上のご配慮、痛み入り申す」

と答えた磐音は、田沼意知はこれまでに提示した以上の役職で再び佐野の懐柔《かいじゅう》に出たかと思いを巡らした。それにしても佐野善左衛門の甘い判断と堪《こら》え性のなさに怒りさえ覚えた。

そもそも佐野の田沼への恨みは、三河譜代の臣、佐野家の庶流の田沼意次が佐野家の系図を借り受けて改竄《かいざん》し、恰《あたか》も田沼が佐野家の本流のように出自を偽装したばかりか、佐野の度重なる系図返却の申し出を拒んできたことにあった。

むろん佐野善左衛門は幕閣を壟断する田沼父子に縋《すが》り、出世しようとの野心があった。

だが、田沼父子のほうが一枚も二枚も上手、系図を返さないばかりか、佐野の昇進を口にするばかりで、実際に手を貸そうともしなかった。

過日鵜飼百助から、佐野が系図などを老中田沼に騙《かた》り取られた経緯を読売に書かせようとしていると、磐音は聞かされていた。

そのことを阻止するために田沼意知は若年寄支配下にある御小納戸頭取の地位を佐野に与えようと考えたか。あるいはこれまでのように甘言を弄するだけの焦らし策か、と思った。

「田沼意知様は、佐野様の御小納戸頭取補職を本気で考えておられるのであろうか」

磐音は独白するように呟いた。

「父もその辺が曖昧ゆえ、なんとも言えぬと首を傾げておりました」

「ただ今の幕閣の中でだれ一人として恐るる者なき田沼様父子である。本気ならばただ今の御小納戸頭取をどこぞに飛ばし、首を挿《す》げ替《か》えることなどさほど難しくあるまい」

「いかにもさようです」

辰平は姥捨の郷にあるとき、磐音の命で江戸の佐野家に書状を届けていた。だが、佐野は辰平に磐音への返書を約束しながら、密かに京へと出立したことがあった。そのような経験をしているだけに、辰平も信頼のおけない佐野の人柄は承知していた。

「なんぞやることがございますか」

「いや、今は動くことはあるまい」

と答えながら、磐音は弥助から連絡《つなぎ》のないことを気にかけていた。

二

正月、磐音は武家方の御礼登城の合間をぬって、若狭小浜藩酒井家や剣術指南を務める紀伊和歌山藩に年始の挨拶に行ったりしながら、のんびりとした時を過ごした。むろん酒井家訪問は霧子が世話になったお礼だった。

その折り、中川淳庵にはおこんが正月二日の初売りに三井越後屋で買い求めた反物と博多織の帯を持参して、淳庵の深甚な手当てに応えた。また桂川甫周国瑞にも同じような品を持参した。二人が磐音から金子は受け取らぬことを承知していたからだ。淳庵は、

「尚武館の若先生からお礼の品を戴こうとは夢想もしなかった。お気持ちゆえ有難く頂戴します。その上でですが、昨年申し入れた仲介を願えませんか」

「小梅村に殿様をお招きして速水左近様に引き合わせる一件にございますな。うちでは具足開きの十一日、それがしひとりで門弟衆を次々指導いたします。この日、お出ましになることができましょうか。速水左近様は倅どのお二人が出場なさるゆえ必ずおいでになられます」

「分かりました、奥と相談いたします。その上で小梅村に使いを立てます」

と淳庵が了解した。

磐音は小浜藩邸から駒井小路の桂川邸に向かいながら、遠江相良に田沼意知一行のあとを追っていった弥助から、未だなんの連絡もないことを案じていた。むろん一人だけの探索だ、難航が予測された。

(まさか老練な弥助どのが田沼一統の手に落ちるとは考え難い)

と思っていたがやはり不安は隠し切れなかった。

江戸城での御礼登城は七日までだらだらと続いた。

六日の御年賀は僧侶、神官、山伏などの管主、管長に限られ、このために江戸以外からも出てきていた。そして、最後の七日は五節句の一つ、人日《じんじつ》の総登城で江戸城の正月行事は終わった。

磐音は十日の昼下がり、松平辰平に案内されて稲荷小路の御小納戸衆松平喜内の屋敷を訪ねた。

当初、辰平の父喜内が小梅村を訪れることになっていたが、今津屋への新年の挨拶も兼ねて、磐音が大川を渡って出向くことにしたのだ。

辰平の両親が磐音の来訪を待っていた。

座敷に通され、新年の挨拶を交わした磐音に喜内が、

「坂崎先生、城中にて、紀伊家の御付家老三浦重忠《みうらしげただ》様に声をかけられ、剣術指南坂崎磐音先生に同行する門弟がそなた様の倅どのと知り、ご挨拶じゃと丁寧な言葉を頂戴した。いやはや、御三家の江戸家老がわれら旗本に声をかけられることなど滅多になきこと。一座の前でそれがし、面目《めんぼく》を施しました。それもこれも坂崎先生の日頃の薫陶《くんとう》と指導のお蔭にござる」

といきなり礼を述べられた。

紀伊藩の家臣団の最上位は、「御付」衆と呼ばれる安藤《あんどう》、水野《みずの》、三浦《みうら》、久野《くの》、そしてのちに加わった水野太郎作《たろさく》家を加え、

「紀州藩五家」

と呼ばれた。この五家は御年寄とも呼ばれ、交代で家老を務める家系だった。

その一家が三浦為春《ためはる》を始祖とする三浦家だ。

「江戸家老三浦重忠様がさようなことを申されましたか。それもこれも辰平どのが紀伊藩江戸屋敷の御道場で熱心に立ち振るまっておられるからにございましょう」

「坂崎先生、その折りな、三浦様はこうも申された。坂崎先生のお許しあらば、

愚息を紀伊藩に仕官させてもよいとな」

喜内が満足げな笑顔で言ったものだ。

辰平は初耳か、驚きの顔をした。だが、なにも口にしなかった。そこへ辰平の母のお稲《いね》が、

「正月早々、目出度《めでた》きお話にございます」

と膳を運んできた。こちらも満面の笑みだ。

「このご時世に仕官の口などあるものか。のう、お稲」

「おまえ様、辰平が御三家の家来として務まりましょうかな」

「父上、母上、お待ちください。松の内の城中では儀礼の言葉が交わされましょう。それを真に受けられるとは、父上も早計にございます」

と辰平が困惑の体《てい》で両親を窘めた。

「いや、あの口ぶりは儀礼とも思えぬがのう」

と言った喜内が、

「お稲、坂崎先生に酒《ささ》を」

と命じて一頻《ひとしき》り酒の応酬があった。

「さて、城中のことはさておき、辰平が武者修行の途次、博多の豪商箱崎屋に出

入りを許されておったそうな。それも坂崎先生の縁でござろう。それがし、江戸のことしか知らぬゆえ、同輩らに聞いたところ、西国では名の知れた大商人とか。そのような豪商の娘御と辰平が今も文を交わしておると、お稲に聞いた。その箱崎屋親子が江戸入りするという。これはどういうことであろうか、坂崎先生」

「それがしも、箱崎屋次郎平どのの存念は窺い知れませぬ。おそらくは商い半分、江戸見物半分と察しております」

「その江戸見物、わが家と関わりがありそうかな」

「はて、それは辰平どのがいちばん承知にございましょう」

「それが辰平め、博多から届く文の中身は一切口にせぬのでござる」

「それがしも存じませぬ」

「なに、坂崎先生もご存じないか」

喜内が辰平を見て、溜息を吐いた。

「ただし、辰平どのは、わが女房にはあれこれと相談しておられる様子。おこんに聞いたところ、お二人は将来を見据えておられる様子とか」

「将来を見据えるとは、所帯を持つということじゃな」

「おそらく」

と応じた磐音が、

「どうじゃな、辰平どの。考えがあるならばご両親の前で示されてはいかがか」

と辰平に話しかけた。

「お杏さんとの文のやりとりで、そのような約定《やくじょう》も言葉も交わしたことはございません」

母親がふうっ、と息を吐いた。

「ならば、辰平どの、そなたの気持ちはどうじゃな」

「お杏さんはそれがしが大事に想うておる娘御です。されど私どもの前には、乗り越えるべき険しい壁があることも承知しています」

松平辰平はあくまで慎重にして冷静だった。

「お杏どののお気持ちはどうじゃ」

「おそらくそれがしと同じかと」

「辰平どのは、こたび箱崎屋どのが江戸に参られるのは、このことがあってのことと思われるか」

「おそらくそう思います。お杏さんの文には、坂崎先生とおこん様にすべてを託したいと記して参られましたゆえ」

「そうか、そう気持ちを伝えてこられたか」

と喜内が洩らし、磐音を見た。

「坂崎先生、どうしたもので」

「まずは箱崎屋どのらの江戸入りを待ち、その折りご両家が虚心に話し合いをなさることではございますまいか」

「箱崎屋は、江戸に嫁になどやれぬと言い出すのではなかろうか」

「それもこれも、ここで思案しても詮無きことにございましょう。それがしがご両家を知るただ一人の人間にござる。もしもそれでよしとお許しいただけるならば、小梅村にご両家を引き合わせる場を設けましょう。ただ今はそれしかお応えできませぬ」

「坂崎磐音先生、愚息のためにお頼み申す」

と喜内が願って、辰平も安堵の表情を見せた。

「なにやら部屋住みの辰平に春が巡ってくる気配じゃな、お稲」

「辰平、箱崎屋どのがお杏さんを手元に置きたいと言われたら、そなた、どうなされるな」

お稲のほうは未だ倅のことを案じていた。

「母上、若先生のお言葉をお聞きにならなかったのですか。すべて会うてからです」

「そなたは幼子の時分から妙に落ち着いた子でした。己《おの》が大事ですよ」

「分かっております。剣も男女の間柄も機と間がございます。無理に仕掛けても反撃を食らうだけです」

ふうっ
と母親のお稲が溜息を吐き、

「母は張り合いがございません」

とぼやいた。

「父上、それがしのことより、過日の一件の進展はいかがにございますか」

と辰平が話柄を移した。

「若年寄田沼意知様が新番士佐野某《なにがし》を、御小納戸頭取に就けようという話じゃな。年の瀬と新年をまたぎ、動きはない。ないが、奇妙なことがあった。新任の田沼意知様が新年の御礼登城に姿を見せられぬそうな」

「松平様、ただ今田沼意知様はご領地相良に戻っておられます」

「なに、相良にお戻りですか。さすがは尚武館、情報《しらせ》が早うござるな。それにしても、年の初めの大事な御礼登城を欠礼されてまで相良に戻らねばならぬとは、田沼意知様にはよほどの事情があったのであろうか」

　と喜内が呟き、磐音が質した。

「佐野善左衛門様の御小納戸頭取補職、実現しそうにございますか」

「速水左近様と親しい坂崎先生なら城中の決まりごとは重々承知にござろう。どの職階も先任の意に従うのが、仕来りにござる。ゆえにただ今の頭取の山ノ内《やまのうち》様は、出羽松山藩の酒井《さかい》石見守忠休《いわみのかみただよし》様に相談なされた。酒井様は宝暦十一年の任官、若年寄在職二十四年の古強者《ふるつわもの》にございましてな、田沼意知どのの提議を一蹴なされた。ゆえにすぐに佐野某がわれらの頭取になるとは思えぬ」

「されど、意知様の父親は田沼意次様」

「そこじゃ、坂崎先生。田沼老中が横車を押すとなると厄介千万。ただ今、七人の若年寄がおられるが、まず半分は田沼父子に反感を持っておられてな、残りは倅どの以外、旗幟《きし》を鮮明にしておられぬそうな。宮仕えもなかなかこれで辛いものにござる」

　と喜内が苦笑いし、最後に言った。

「家治様御側御用取次を務められた速水左近様は、酒井石見守様と殊《こと》の外《ほか》親しゅうござってな」

磐音は辰平とともに稲荷小路から徒歩で柳原土手に下り、米沢町の角にある今津屋に立ち寄って、少し遅めの年始の挨拶をなした。ために二人が小梅村に戻り着いたのは五つ（午後八時）前のことだった。

「夕餉はどうなされましたか」

「辰平どのの屋敷で馳走になったゆえ、腹は空《す》いておらぬ」

磐音は大小をおこんに渡しながら答えていた。

「おまえ様、弥助様がお戻りにございます」

「おお、無事であったか。案じておった」

「長屋に使いを出します。霧子さんのところにおられましょうからな」

「辰平どのが長屋に戻られたのだ、使いを立てずともこちらに参られよう」

と磐音が応じて、おこんが差し出す普段着に着替えた。

「辰平さんのほうはなんぞ進展がございましたか」

「相手様の考えが分からぬでな、進展はない。ないが、松平家としてはお杏どのと所帯を持つことにはすでに賛成しておられる様子じゃ。あとはやはり箱崎屋どのがお杏どのを手元に置きたいと言い出されたときの、辰平どのの気持ちというか対応じゃな」

「私の考えでは箱崎屋様は無理を申されないと思います」

おこんは持論を繰り返した。

「喜内様に知らされたことじゃが」

と断り、紀伊和歌山藩の江戸家老三浦重忠から辰平を紀伊に仕官させぬかとの申し出があったことを告げた。

「なんと、辰平さんが紀伊藩のご家来に」

「喜内様は、口先だけの世辞ではないと思われたそうな」

「辰平さんなら、御三家であれどこであれ、ご奉公は務まります」

とおこんが請け合ったとき、ご免くだされと母屋の玄関で弥助の声がした。

「弥助どの、年末年始にわたり、ご苦労にございましたな」

磐音は顔に疲れを滲《にじ》ませた弥助を労《ねぎら》った。

「これがわっしの務めにございます。ふだんのんびりしておるのですから、偶には働かないと体が動かなくなりますよ」

と苦笑いした弥助が、

「土子順桂吉成様はなかなかの遣い手にございますな」

「出会われたか」

「いえ、遠江国相良に向かう道中、箱根の山中で名物の野盗が姿を現したのですがな、土子様お一人で剣術家崩れの野盗六、七人の片腕を斬り落としてしまわれました。なんとも腰の据わった早業にございましてな、驚きました。というわけでできるだけ、土子様とは出くわさないように気にかけて参りました」

「用心専一がなにより。それにしても野盗の出る刻限に田沼様一行は箱根越えをなされましたか」

「相良帰国を急いでおられたのでございますよ。ところが相良城下に戻られたあとは、城中に籠って身動き一つなされない。なんとも訝しいお国帰りにございましてな。わっしも城に忍び込むかどうか、考えあぐねていたんでございますよ。

相良城下は若先生もご存じのように、田沼様の出世に合わせて安永《あんえい》九年（一七八〇）に新しく普請《ふしん》された城と城下にございましょう、さほど大きな城下町でもございません。そんな城下の一角に、相良藩田沼家の家臣と思えない連中が集まる海女《あま》小屋なる飲み屋が海辺近くにあると聞き、網を張っておりました。すると夜になって連中が酒を飲みに来て、そこで一夜を明かしたんでございますよ。わっしは漁師のかかあが女主の海女小屋の床下に潜んで、話を聞きましたので」

「なんともご苦労でした」

「いえ、田沼意知様がだれぞを相良にて待っているということは分かりましたが、だれを待っておるのやら見当もつきません。ですが、翌日の晩にまた奴らが海女小屋に現れましてな、待ち人が新番士佐野善左衛門様ということが分かりましたので」

「なにっ、田沼意知様は佐野様を相良に誘ったとな」

磐音は田沼意知が佐野を御小納戸頭取に昇進させる約定に関連してのことかと思った。それにしても佐野は幾たび田沼父子に騙されれば気が済むのか。

「若先生、ただ招いたんじゃないのでございますよ」

その言葉に磐音は弥助を正視した。すると頷いた弥助が、

「ご領地相良城下で佐野善左衛門様を始末するために誘《おび》き寄せたのでございます」

「若年寄ともあろうお方がなんたる狼藉《ろうぜき》」

「佐野様の癇性も大したものでございますな。御小納戸頭取に補職せねば、読売にて、佐野家の系図、七曜旗、佐野大明神の像を騙し取り、佐野家本流を名乗ろ

うとしておることを喧伝《けんでん》する、と反対に脅《おど》したそうな」

「呆《あき》れました」

「田沼意知様は読売を見付け出そうと動かれたようですが、どうも分からない。そこで御小納戸頭取と千五百石を餌《えさ》に相良城内で正式な補職の辞令を渡すと騙り、相良に走ったのでございますよ。相良で始末すれば江戸には知れませんからね」

「どちらもどちらじゃな」

へえ、わっしも呆れてしまいました、と応じた弥助が、

「さすが佐野様も用心深くなっており、なかなか約定の日に来ようとはしません。そんな折り、ついに正月六日にも相良到着と佐野様から知らせてきた様子、相良城内に緊張が走りました」

「土子どのは佐野善左衛門どの始末方として相良に同道しておられましたか」

「へえ、土子家は田沼家が相良に領地の所有を許される以前、相良藩の藩主だった本多忠央《ほんだただなか》様に仕えていた郷士の家柄にございますそうな。宝暦《ほうれき》八年（一七五八）に本多様は改易になり、田沼様が領主になられたとき、土子様とご一統は相良に残された。ためにかの地で暮らしを続けてこられ、相良城築城の折り、普請《ふしん》方《かた》として一統が田沼家に雇われました。築城中、大雨が降り、石垣が崩れる事故

があったとか、その失態の責めを負わされて土子一統が処刑されかけたそうにございます。その折り、土子様は田沼家用人に助命を願い、その代わりに田沼家のためにこの腕を役立てると、天真正伝神道流を披露なされたそうな。そんなわけで土子様は、義理堅くも田沼父子を思うておられるのでございますよ」

「そのような土子順桂どのが佐野様の始末方ですか」

「世の中、なんとも不思議なことがございます」

「弥助どの、われらが安永八年に相良城下を通過した折り、土子どのは相良城下におられたのでござるな」

「へえ、その折りは大江《おおえ》という土子一族の村におられたようです。田沼様父子もその折りは、土子様の才をとくと知らなかったのでしょうな」

ふうっ
と磐音は思わず吐息をついた。土子順桂吉成は、

（生涯最強の相手）

であることに間違いはなかった。

「弥助どの、佐野様をどこぞで待ち伏せされましたか」

「へえ、大井川の渡し場で待ち受けて、田沼一派より先にわっしが見つけ、なん

とか説得して連れ戻しました。ですが、江戸の屋敷に戻っても危のうございます。しばらく身を隠すよう手配りしてまいりました。ともかく田沼意知様からの誘いかけには黙して応えないことだと旅の間、折りにつけ、願うてきたのですがな」

「未だ御小納戸頭取の職に執着しておられるか」

「はて、あのお方の心中はわっしには察しがつきませんや。待ち受ける土子順桂様が坂崎磐音様も一目置く剣術家とわっしに聞かされ、しぶしぶわっしの言葉に従ったのでございますよ」

「なんとも呆れた話にございますな」

「へえ、これ以上馬鹿げた話もございませんや」

と弥助が言い、報告を終えた。そして、

「わっしが相良で考えていたより霧子が回復しておるのが、なんとも嬉しいことにございました。わが娘め、人が見てないところで体をいじめておりますよ」

と苦笑いした。

三

正月十一日は武家方では具足開き、商家では蔵開きと称して、鏡餅を割って汁粉などを作って振る舞った。

尚武館ではすでに稽古は始まっていたが、対外的にはこの日が稽古始めである。ほぼ門弟が出そろい、紀伊徳川家でもこれまで通い門弟であった小寺頼武《こでらよりたけ》、印南三郎次《いんなみさぶろうじ》、尼子久伸《あまこひさのぶ》、佐貫剛一郎《さぬきごういちろう》、磯部常春《いそべつねはる》らが新たに紀伊藩の家臣を伴ってきた。これらの引率者の頭分は、御番衆の田崎元兵衛《たさきげんべえ》である。とはいえ、磐音が剣術指南に行っており、紀伊藩江戸屋敷の家臣とはほぼ顔見知りだ。

また同じ徳川御三家の尾張藩江戸屋敷からも、馬飼十三郎、鳴海繁智《なるみしげとも》、西尾種次郎《にしおたねじろう》、京極恭二《きょうごくきょうじ》、南木豊次郎《なぎとよじろう》ら大勢の門弟たちが具足開きに姿を見せてくれたので、尚武館は道場も庭も大勢の門弟で溢《あふ》れていた。

おこんは早苗や通いの女衆を指揮して、朝早くから雑煮や汁粉の仕度のほかに、するめなど素朴な菜を用意して、四斗樽も準備した。

磐音は磐音で、具足開きを前に神保小路の尚武館大改築を手掛けた大工の棟梁《とうりょう》銀五郎《ぎんごろう》を迎え、またむろん今津屋の老分番頭の由蔵も立ち会い、元々百姓家だった道場をどこまで広げられるかの検分を行った。

年が明けてから決まった話で、今津屋では主の吉右衛門も、

「江戸に帰着なされて一年有余、手狭になるほど門弟衆が増えたのは道場繁栄の証、喜ばしいかぎりにございます。小梅村の敷地は坂崎様の持ち物とお考えいただき、遠慮のう手を入れてくださ い」

と改築の許しを与えていた。

磐音らが江戸を離れている間に、百姓家を道場に改築したのが銀五郎であった。当初、そのことを磐音は知らなかった。ともあれ銀五郎棟梁が一度手を入れた家だ、すべて承知していた。

銀五郎は一度目の改築の折りの図面を広げて、

「若先生、この家は土台も柱も梁《はり》もしっかりとしておりました。まあ、いくつか傷んだ箇所は新木を接《つ》いで直してございます。あの折り、もう少し広げておけば、かように二度手間は要らなかったのですがな。まさか一年余りで門弟衆が何倍にも増えるとは考えもしませんでした」

と頭を掻いた。

「棟梁、正直言うて、田沼様が老中の間は門弟の数はそう増えまいと思うておりましたが、私どもの考えがいささか甘かったのですよ。こんどばかりは徹底的に

広げてくださいな」

由蔵が言った。

「とはいえ、広げるとしたら植木などを考えると、余裕があるのは南と北だ。そちらに伸ばすしかございませんな。それにこの際、天井板を剝がし、梁を見せて天井高をとることにしたらどうでございましょうな。道場に暑い寒いもございますまい。それよりできるだけ広い床をとり、高い天井の下で稽古をなさるほうが気持ちもようございましょう。杉の柾目《まさめ》の天井板は他に使うこともできましょう。それでも、ただ今の道場分三十八坪を倍に広げるのが、精一杯でございましょうかな」

銀五郎がすでに図面上で試算していたとみえて答えたものだ。

「稽古場の床が百数十畳になれば十分にござる」

「それに柱を何本か入れて屋根を支えることになりましょう。また着替えの間も潰して道場分として拡げ、着替えの間は別棟とし、厠と水場は外に新設しましょうかな」

銀五郎にはあれこれと腹案があるらしく知恵を絞ってくれた。

「棟梁、稽古をしながらの普請となる。それがいちばん厄介にござろう」

「そこです。わっしが思うには、母屋の庭が広うございます。泉水の南側にこの道場の床板を最初に移して、簡易な屋根掛けの道場を造り、しばらくはそちらでの稽古をご辛抱願えませんかな」

「棟梁、道場の改築にどれほどの日数がかかりますな」

と由蔵が尋ねた。その口調にはあまりのんびりはできませんよ、という要望が込められていた。

「老分さん、三月《みつき》と言いたいがなんとか二月《ふたつき》で終わらせ、桜の咲く頃には改築なった尚武館坂崎道場のお披露目《ひろめ》をいたしましょう。どうです」

「それなりに大がかりな改築です。この際、とことんしっかりとした道場にしてくださいよ」

「棟梁、うちが用意した改築費は五百両にござる。できることならばその範囲内で済ませてくれませぬか」

磐音の言葉に由蔵が、えっ、と驚きの表情を見せた。

「若先生、そりゃ、大した金子だ」

と銀五郎も驚いた。

「老分どの、棟梁、種を明かせば造作もないことにござる。昨年の大晦日、富士見坂の関前藩邸に年末の挨拶に伺うた折り、福坂実高様より、これまで坂崎磐音には俸給をとらせておらなんだ、なんとか藩財政も持ち堪《こた》えておる、藩を離れはしたが、父の正睦を助けて奉公してくれた労賃である、と仰せになって頂戴したものです。うちに五百両もあると、またよからぬ者どもに狙われかねません」

「なるほど」

と由蔵が得心し、銀五郎が、

「いくら世間が広いったって、直心影流尚武館坂崎道場に押し込みは入りますまい」

「棟梁、それが大晦日に首尾の松で襲われたのでござる」

「えっ、世間知らずもいたものですな、呆れた」

と銀五郎が声を張り上げたところに木下一郎太が小者《こもの》を連れて姿を見せ、

「あやつら、なかなかの余罪がございましてな、倅と娘を殺された野州《やしゅう》の庄屋が、あやつらを生死に拘らず捕えた者に五十両の褒賞《ほうしょう》を出すと代官所に申し出ておりました。そのお知らせに参りました」

といささか得意げに言ったものだ。

「なにやら実高様から頂戴した五百両に五十両の利がついてきたようです。もっともあの手柄は重富利次郎の一人働きですので、利次郎どのにお渡し願います」

磐音の言葉を洩れ聞いた辰之助が利次郎に知らせたものだから、利次郎らが飛んできた。

「利次郎どの、話は辰之助どのから聞かれたな」

「はい。されどそれがしはただ棹を二、三度振るっただけ、褒賞など受け取る謂れはございません」

「ならば南町奉行所にお譲りいたすか」

「なりませぬ！」

磐音の言葉に一郎太が声を張り上げた。

「笹塚様があっさりと南町の探索費に繰り入れてしまいます」

「そうですよ、尚武館はそうでのうても金儲けは下手にございますからな。利次郎さんが霧子さんと所帯を持つ折りになど、使い道はいくらもございます」

由蔵の言葉でその場は収まった。

「木下様、してその五十両は」

「いえ、今日はお知らせだけにございます。南町から代官所に通達がいき、あちらであれこれ手続きした後に送られてくることになりましょうな。まあ、在所の手続きはのんびりゆえ、春先か夏の初めでしょうか」

「なんだ、話だけか。つい興奮して力んでしもうた」

利次郎ががっかりした顔をした。

「利次郎どの、奉行所、代官所が絡むことゆえ遺漏はなかろう。気長に待つことじゃ」

「あの者たちはどうなりました」

「関八州で三人を殺《あや》め、怪我人を何人も出しております。まず死罪は免れぬところです。ともあれ、坂崎さんと利次郎さんのお蔭で手配書の四人が捕まったのは祝着にございました」

木下一郎太がぺこりと頭を下げた。

「木下どの、うちはこれから具足開きを催します。稽古をしていかれませぬか」

「尚武館道場で稽古ですと、滅相もない。町廻りができませぬ」

一郎太は小者を従え、早々に小梅村から去っていった。

「これはどうやら話だけに終わりそうにございますな。なんといっても南町の知恵者与力が一枚嚙んでおられる」

と由蔵が呟き、

「棟梁、この程度の改築です。いくらなんでも五百両はかかりますまい」

「こちらにも南町の知恵者与力と同じく算盤勘定に強いお方が控えておられる。へえへえ、できるだけ費《つい》えのかからぬように古材を使うて仕上げます」

銀五郎が由蔵に押し切られ、小梅村の普請が決まった。


具足開きは手狭な道場ゆえに、ふだんから磐音に稽古をつけてもらえる住み込み門弟より通いの門弟衆を中心に、磐音が相手をする形式で行われた。

最初は福坂俊次から始まり、速水杢之助、右近と磐音が指導を続けた。さらに紀伊藩の面々、尾張藩の家臣と、相手代われど主代わらずの稽古であった。

それにしても磐音の不動の正眼を崩して打ち合いに持ち込む門弟は一人としてなく、対戦した三十七人が打ち疲れて下がるのに反して、師は平静のまま息一つ弾ませていなかった。

磐音は門弟の相手をする最中に、若狭小浜藩主酒井忠貫がお忍びで姿を見せ、最初から見物していた速水左近に会釈して、一人空けて座したのを見ていた。

磐音が一人で務めた指導を終えたとき、狭い道場に詰めかけた門弟衆、見物衆から溜息が洩れた。

「佐々木玲圓様の再来じゃな」

「坂崎と名は変われど、直心影流尚武館佐々木道場の伝統は変わらぬな」

「安泰じゃ」

「大きな声では言えぬが、神田橋《かんだばし》と木挽町の父子との対決が見物じゃな」

とひそひそと囁く声もした。

最後に小田平助の槍折れの披露が行われ、相手方を辰平と利次郎が務め、激しい打ち合いに見物の衆が感嘆した。

磐音が再び登場し、

「これにて天明四年の具足開きの奉納稽古を収めます」

と宣告すると、見所から声がかかった。

「あいや、若先生、速水左近、いささか願いの儀がござる」

道場が一瞬にしてしーんとした。

具足開きはいわば祝い事の一環であった。その祝儀に注文がついたのだ。

「速水様、なんなりと」

「過日、門弟雑賀霧子が怪我を負うて二月にわたり正気を失うた折り、道場主坂崎磐音どのは三七二十一日の願掛けをなし、直心影流の奥義を天に奉献されたそうな。その満願の日には、この道場にて門弟重富利次郎どのを仕太刀に、法定四本之形伝開を捧げられ、霧子は目出度くも正気を取り戻したと聞く。本来各流派の奥伝は門外不出、師から選ばれた弟子にのみ伝えられしもの」

速水左近の言葉に、さらに道場内に緊迫が奔った。

「じゃが、坂崎磐音どのはその仕来りを破り、重富どのとともに門弟衆の前にて披露なされた」

「いかにもさようにございます」

速水左近はしばし間を置いた。一座を見回し、磐音に視線を戻した。

磐音の表情になんら変わりはなかった。

「あいや、誤解なきようご一統に申し上げる。それがし、奥義披露を責めておるのではござらぬでな。ようも思い切ったことをなされたものよ、と感心もし、またそれを女門弟のために奉献されたことに心打たれたのでござる。それがし、亡き佐々木玲圓どのには烏滸《おこ》がましくも剣友として遇されて参った。だが、直心影流の奥義など見たこともござらぬ。また、過日の東西戦の折りも見逃してしもうた。坂崎磐音どの、そなたが弟子のために奉献した奥義、この場で見せてもらうわけにはいかぬか」

速水左近の言葉を嚙みしめるように聞いていた磐音が会釈をして畏まり、

「辰平どの、母屋の刀簞笥より五条国永を持ってきてくれぬか。またそなたも刀を用意なされよ」

と願った。

そして、自らはその場に座し、神棚に向かって瞑想した。

その姿に一片の利欲、私心がないことを見物していた一同は感じ取った。

沈黙の刻《とき》が流れ、辰平が再び姿を見せて、若先生、と五条国永を差し出した。

磐音が立ち、国永を受け取ると、

「辰平どの、相手を」

と命じた。

磐音は神棚に一礼し、

「尚武館剣友速水左近様のご要望により、直心影流奥義法定四本之形をご披露申し上げます。その前に一つ」

と言葉を切った磐音はさらに言い継いだ。

「直心影流の奥義をかように大勢の方々の前で披露することに異論をお持ちのお方もございましょう。それがし、奥義を披露したには自らの考えがあってのことにございます。そのことを説《と》くより、形《かた》にてご説明申し上げます。形《かたち》の字を用います が、かたと呼び、形は動を伴い、口伝にございます。剣術において形は奥義の執行にございます、奥義と形は一体であらねばなりません。それがしが披露する形には、一手一手に理《ことわり》がございます。その理を悟らずして形を真似ても意味なきことに存じます。理を悟るために形を学び、何千何万回の修行ののちにおのずと悟ったとき、形は意味を持ち、動へとつながっていくものかと思います」

と懇々と一同に説明すると、辰平に向き直った。

「辰平どの、本日はそなたが打太刀を務めなされ」

磐音の言葉に辰平ばかりか満座の一同が驚きに眼を見張った。

直心影流において、打太刀は上位有功の者であり、仕太刀は初心下位の者と決まっていた。だが、この日、磐音は辰平に打太刀を命じた。

もはや磐音にとって打太刀、仕太刀の隔たりはない。磐音が初心につくことによって打太刀を務める辰平に新たな経験を積ませようとしていた。

「はっ」

と辰平も磐音の命を素直に受けた。

辰平は自らの鞘の鐺《こじり》を左方に向け、磐音も同じく五条国永を置いた。

辰平が鞘を払い、磐音も同じ動作で右手にて柄《つか》を握った。

互いが立ち、辰平が刃先を仕太刀の面につけ、磐音も同じ動作をとった。

両者の足は八文字に、柄を握った掌は茶巾を絞るが如くに構えた。

辰平が正眼につけた太刀の柄から左手を離し、親指と人差し指を軽く伸ばすと、残る三指を閉じた。その手を鎺《はばき》に添え、高く頭上に差し上げ、左から右へと日輪が昇るが如く大きな半円を描いた。

続いて磐音が一円相を象り、行った。

辰平の形はあくまで若々しく一点一画疎《おろそ》かにせず力強かった。これに対して磐音のそれは霊験を帯びた形と動きで、見る人々に剣の深淵を感得させた。

打太刀の辰平が仕太刀の磐音を導いているようで、その実下位たるべき初心の仕太刀が打太刀を自在に動かしていた。

速水左近は磐音の上位下位に拘らない法定四本之形の、

「融通無碍《ゆうずうむげ》と自在」

の解釈と動きに感嘆して見入った。

見物のだれ一人として身動《みじろ》ぎもせず、二人の演武を見守っていた。

磐音の法定四本之形は奥義のなんたるかを説いていた。

「直心影流を修行する者は志を立て、誠より実に至る。実を以て理と為し、理を以て実と為す。また理を以て所作と為す」

ことを形の一つひとつが教えていた。

四本目の形、長短一味が終わり、両者が一礼をなし、さらに神棚に拝礼したとき、尚武館を埋めた見物の門弟衆が思わず一斉に息を吐いた。

磐音は速水左近に会釈した。

「言葉もない」

と速水が呟き、

「それがし、玲圓どの、磐音どのと二代の尚武館道場の主どのと友の交わりをなしたことを誇りに思う。それがしが言うのも烏滸がましいが、坂崎磐音はもはや亡き師、養父とは異なった道を進んでおられる。直心影流の奥義に達する道は一つではあるまい。玲圓どのも磐音どのも、ともに堂々たる王道をそれぞれ違うた方法で歩いておられるのだ。そのことをただ今の法定四本之形の奥義披露が教えてくれた。形はだれにでもなぞることはできよう。だが、心構えに達する者はそうはおるまい。無理を申したな、磐音どの」

「なんのことがございましょう」

具足開きの演武はすべて終わり、道場に四斗樽と菜、それに鏡餅を割り入れた雑煮と汁粉が供されて、それぞれが話に興じた。

磐音は速水左近と酒井忠貫を母屋に招じて、しばらく二人だけにするために尚武館に戻った。すると紀伊藩の田崎元兵衛と尾張藩の馬飼十三郎が話をしており、磐音が近づくと、

「坂崎先生、眼福にございました。それがし、まさか直心影流の奥義を死ぬまでに拝見できることなどあるまいと思うておりました。それが、本日思いがけなくも速水様のお言葉に即座に応えられた。坂崎先生にしかできぬ至芸にございました」

「最前からこの場はその話で持ち切りにございます。馬飼十三郎、坂崎磐音先生の心を開かれたお人柄と、達せられた奥義に感服するしかございません」

田崎も馬飼も大名諸家の中ではそれと知られた剣術家であった。それだけに言葉に嘘偽《うそ》りがないことは磐音も分かっていた。

「ご両者、それがし坂崎磐音が解釈するただ今の直心影流法定四本之形伝開にございます。冥府の養父がまだまだ足りぬと笑うておるようで、冷汗三斗《れいかんさんと》の演武にござった。明日には明日の解釈がございましょう。迷いつつ、死の刹那《せつな》まで修行

するしかござらぬ」

「先生、奥義に達したとはお考えになっておられませんので」

「田崎どの、坂崎磐音、未だ迷妄《めいもう》の徒にございます」

なんとのう、と二人の剣客が期せずして同じ言葉を洩らした。

四半刻も過ぎた頃、酒井忠貫の姿が尚武館の庭にあって、磐音に声をかけた。

「なんとも充実した具足開きであった。時に小梅村に寄せてもらいたい」

「いつなりとも」

忠貫は満足の体で家臣らを伴って、船で神田川昌平橋際の江戸藩邸に戻っていった。そして、奏者番速水左近がおこんとともに磐音の前に現れたが、酒井忠貫との会談の内容を口にすることはなかった。ゆえに磐音も問わなかった。

その代わり、

「速水様、新任の若年寄田沼意知様は、ご領地遠州相良におられるそうな」

「いや、江戸に戻っておられる」

と速水左近が磐音の言葉を訂正した。

「それは存じませんでした」

「あれこれと父と倅どので動かれることよ」

「月は満ちればあとは虧《かけ》るのみ」

「いかにもさよう」

　と速水と磐音は視線を交わらせた。

四

　この日、霧子が道場の稽古に加わり、当人は納得しているふうはないものの、最後まで体を動かし続けた。その稽古の最中、実戦の勘を取り戻すためか、速水杢之助、右近兄弟に願い、竹刀を持って立ち合い稽古をなした。

　兄弟は近頃、骨格が一段としっかりして、技量も伸び盛りであることはだれしもが承知していた。その兄弟を相手に霧子が、短い間だが立ち合い、動けたことは驚くべき回復力であった。

　右近との立ち合いの後、磐音が声をかけた。

「さすがは幼い頃より雑賀衆の厳しい訓練を体に染み込ませてきた霧子じゃな、尋常な体ではない。ようも短い間に回復したものよ」

「いいえ、杢之助様と右近様に気遣いをさせるようでは未だ回復しておりません」

「明日からそれがしと稽古をしようか。そなたの力がどこまで蘇っておるのか確かめたい」

「はっ、はい」

霧子は嬉しそうに返答をしたものだ。

磐音は前々から自ら竹刀を交え、霧子の蘇生力を確かめたいと考えていた。そのよい機会と思ったのだ。

朝稽古が終わったあと、利次郎が、

「霧子、疲れはないか、無理はしておらぬか」

と尋ねたものだ。

「疲れはむろんございます」

「それ、みよ。無理をしている証だ」

「体を動かしたのです、疲れはあって不思議ではございません。心地よい疲労にございます。利次郎さん、心配しないで、もう大丈夫です」

「二月にわたる眠りのあとじゃぞ。そう無理せんでもよかろう」

利次郎は霧子の言葉を聞いても案じずにはいられなかった。

「利次郎どのの懸念にも一理ある。ゆえに明日からの霧子の稽古相手をそれがしが務めることにした。体に無理な負担をかけているようならば休ませる。それでよいな、利次郎どの、霧子」

「えっ、若先生が霧子の相手を。悦ばしいような、不安のような」

「坂崎磐音が信じられぬか」

「滅相もないことです。ですが若先生に稽古をつけてもらうと、どっと疲れが全身に回ります。体の芯まで力を絞りきった感じです」

「案じずともようござる。利次郎どのを不安にさせるような稽古を霧子とはせぬでな。体の戻り具合を確かめるだけじゃ」

「よしなに願います」

利次郎が頭を下げるのを見て、田丸輝信が、

「利次郎め、まるで己のことのように心配しておるな」

「なにを言うか。おれのことなれば、かように心配はせぬ」

と利次郎が輝信に言い返し、呆れられた。

「利次郎どの、このところ忙しゅうてそなたと話す機会がなかった。正月、霧子を連れて屋敷に戻った折りのことを聞いておらぬが、父御と話されたか」

磐音は母屋へ帰る足を止め、利次郎に話しかけた。

「そのことです、父は折りを見て豊雍様にお伺いを立てると申しておりました。そのうち父より、殿様への若先生のお目通りの日を知らせてくると思います」

「よい返事がもらえるとよいがな」

「私は今のままで満足にございます」

利次郎の返事を聞いて磐音は母屋に引き上げた。

母屋の縁側に金兵衛の姿があって、空也となにか話し込んでいた。

陽射しがだんだんと明るくなり、春が深まっているのが分かった。庭の梅も綻《ほころ》び始め、馥郁《ふくいく》とした香りが小梅村に漂っている。

「舅どの、風邪《かぜ》もひくことなく春を迎えることができましたな」

「ああ、六間堀から小梅村まで通ってくるのが体によいのかね、風邪のかの字も寄ってこなかったね。それと空也の相手が効いてるな。こうして遊べるのはあと一、二年だろうからな」

金兵衛は心細いことを言ったが、顔の色艶がよいとおこんと話したばかりだった。確かに六間堀から三日に上げず小梅村まで歩いてくるのが体によいようだった。その折り、おこんが、

「お父っつぁんに、そろそろ長屋の差配をやめて小梅村に引っ越して来ないかと

訊いてみたんです」

「舅どのはなんと答えられたな」

「隠居は年寄りのやるこった、わしは死ぬまで差配をすると答えましたが、長屋の皆さんにとっては迷惑でしょうに」

「舅どのの好きにさせるのがいちばんかと思う。もし体を悪くするようなればその折りに考えよう」

「このところお父っつぁんの顔の色艶もいいのよね」

「娘と孫に会える日々が舅どのの元気の源とみゆる」

「父上、こんど爺じいがくさ、富岡八幡宮《とみおかはちまんぐう》のお参りに連れていってくれるげな」

近頃の空也は小田平助の言葉を好んで口にした。

「それはよいな。父も誘ってくだされ、舅どの」

「おお、ならば睦月も連れてみんなで行こうか」

「母上もいっしょですばい」

「母上な、あいつは口煩《くちうるさ》いでな、どうしたものか」

とうっかり口を滑らせたところにおこんが茶を運んできた。

朝稽古を終えたあと、母屋の縁側で茶を喫するのが磐音の楽しみになっていた。

「お父っつぁん、私をのけ者にして富岡八幡宮に行こうって相談ですか」

「なんだ、聞いてやがったか」

「娘をのけ者にするようなお父っつぁんは小梅村への出入りを禁じますよ」

「どこに父親《てておや》の出入りを禁ずる娘がいるものか。おこんがだめでも、わしは勝手に出入りするぜ」

金兵衛が言ったところに霧子が書状を手に母屋に姿を見せた。

「どなたからか、文が届いたか」

「はい」

と霧子が差し出した書状の宛名は、

「坂崎磐音様
　こん様」

とあった。

水茎《みずくき》の跡も美しい書状がだれからのものか、一瞬で磐音は分かった。

「おこん、山形の奈緒どのからの書状じゃ」

「奈緒様が、返書をくだされたのですか」

とおこんも驚きを見せた。

「ほう、あのお方がな」

金兵衛も遠くを見る眼差しで言った。

磐音は霧子に礼を述べ、縁側から座敷に上がって座すと、書状を披《ひら》いた。

山形から飛脚によって届けられた書状には、北国の寒さがまとわりついているようであった。

磐音は短い文面をゆっくりと何度も黙読した。短い書状には、久闊《きゅうかつ》を詫び、百両の送金と磐音の出した文への礼が述べてあった。

磐音が今津屋に手形送金を願った金子は七十五両だ。訝しいと思う頭に、今津屋が二十五両を足して百両にしてくれたのかと思い当たった。

奈緒の文にはその他一切、ただ今の苦境や悩みは書かれていなかった。最後に、

「しばらくは内蔵助の菩提《ぼだい》を弔《とむら》うことと子育てに専念したく存じ候」

と淡々と記されてあった。

長い時間が縁側に流れ、磐音はおこんに書状を渡した。

「私が読んでよろしいのですか」

「奈緒どのの文の宛名はそれがしだけではない、そなたに宛てた文でもある」

と応じた磐音の口調に安堵があるのをおこんは感じて、

「拝読させてもらいます」

とおこんが奈緒の書状に眼を落とした。

「婿どの、山形の具合はどうだ」

「礼状にございます。されど文字には認《したた》められておりませんが、三人の子を抱え、雪国で難渋している様子が察せられる文でもございます」

「その割にはほっとした顔付きではないか」

金兵衛が磐音の表情を訝しく感じたようであった。

代わって短い文を読み終えたおこんが磐音の心中を察して答えた。

「お父っつぁん、奈緒様がわが亭主どのに文を認めようと決意なさったことが大事なの。これまで頑なに亭主どのの助けを拒んでおられた奈緒様の心が、春の雪解けのようにゆっくりと緩んできたのよ。それがこの文のいちばん大事なところなの」

「ふうーん、そんなものかね」

おこんがゆっくりと書状を畳んで、

「前田屋内蔵助様と奈緒様の間のお子三人は、上から亀之助《きのすけ》さん、鶴次郎《つるじろう》さん、そしていちばん下がお紅《こう》さんだそうよ」

「亀之助、鶴次郎、お紅さんか。上が今年で六つかえ、空也と同じ年頃の下に二人の子がいて、親父様も金兵衛に代わる者もいないときた。さぞ難儀していることだろうな」

「難儀はしておられましょう。されどこうして文を届けてこられたのです。おこんが言うように北国の春は間近いように思えます」

「いったい江戸から山形は何百里あるんだ。その上、丈余《じょうよ》の雪が降り積もっているんだろ。広い家にさ、親子四人だけで暮らしていくのはしんどくはないか」

「このような江戸の陽射しは未だでございましょうな」

「婿どの、なんぞ手はないのか」

磐音は、福坂実高が参勤下番の前に目通りを願おうと内心決めた。だが、口にはせず金兵衛に言った。

「舅どの、おこんが言うように、これまで意地を張り通してきた奈緒どのがわれらに文をくれたことが大事なのです」

「そんなもんかね」

「奈緒どのはこれまでも幾多の難儀を乗り越えて生きてきた豊後の女子です」

「紅花大尽《だいじん》の亭主を亡くした上に商いまで傾いたんだろ」

「奈緒どのには三人の子が残されました。母は強きもの、奈緒どのは必ずや再起しましょう。そのことをこの文は教えています」

「そうか、そうならばよいがな」

奈緒からの書状を手にしたおこんは仏間に入り、奈緒の実兄の小林《こばやし》琴平と実姉舞の位牌《いはい》の前にその文を置き、合掌した。

この日、磐音は金兵衛とともに、おこんの給仕で朝餉と昼餉を兼ねた食事をなした。

「江戸はよ、火鉢だって日中はいりませんよ。だけどよ、あちらは囲炉裏を囲んでもきっと寒かろうぜ」

金兵衛はまだ奈緒のことが気がかりか、磐音とおこんに話しかけた。

「桜の花の咲く頃に一八どのが江戸に戻ってこられます。さすればもう少し山形の様子も分かりましょう」

「だれだえ、一八って」

「吉原に関わりのある女衒どのです」

「な、なに、女衒を奈緒さんのもとに差し向けたのか、婿どのよ。ま、まさか奈緒様を吉原に、そ、そんなことはないよな」

「お父っつぁん、馬鹿なこと言わないで。女衒たってぴんきりよ」

「おこん、女のおめえがなぜ言い切れる。女衒ってのは大飢饉の陸奥なんぞから娘を安い金で買ってきてよ、苦界に売るのが商売なんだぞ、血も涙もあるものか。金儲けしか考えてない金の亡者なんだよ」

「舅どの、一八どのは、奈緒どのと偶さか山形の寺で会い、互いに言葉を交わしたそうです。吉原の太夫を務めた奈緒どのが話しかける、そのような女衒は一八どのくらいだとか。それほど一八どのは、娘を売らねばならない親の気持ちも、知らない江戸に売られていく娘の不安も承知している女衒なのでござる」

「そうかねえ、血も涙もねえ仲間の手にかかるより一八のほうがまだましというわけか」

　金兵衛の言葉を聞き流した磐音は、

「一八どのに書状を言付けてございます。必ずや一八どのは奈緒どのに会い、もっと詳しい様子を小梅村にもたらしてくれるはずです」

「婿どのよ、文なんぞよりこの際、金のほうが大事じゃないか。文は腹の足しにならないぜ」

「どれほど困窮しておるのかどうか、一八どのが知らせてくれます」

「事と次第によっちゃ、婿どのが山形に行こうという算段か」

「それがしが行って役に立つかどうか」

「なにか手はねえのか」

と金兵衛は苛立《いらだ》ったが、

「今は待つしかござらぬ」

と磐音は応えていた。

「おこん、おめえの亭主の気持ちは読めないな。なにを考えているんだか、さっぱり分からねえぜ」

「お父っつぁん、剣術家は相手の気持ちを読むのが商売なの。己の胸の中を先に読まれたら負けなのよ」

「えっ、剣術家は腕で勝負すると思ったが、胸ん中で決まるのか」

「そういうこと」

「亭主もおかしいが、女房になったおめえもだいぶ変わってやがるな」

「今頃気が付いたの、お父っつぁん」

とおこんが平然と応じたものだ。

この日の昼下がり、磐音が奈緒への返信を認めていると、おこんが鵜飼百助の訪《おとな》いを告げた。

「お一人か」

「お一人にございまして、珍しくも羽織袴を着用なさっておられます」

鵜飼百助は御家人だ。羽織袴であっても不思議ではない。だが、日頃は研ぎ師の装束だ。

磐音は竹村修太郎のことではないな、と安堵し、もしや、と思った。

「なんぞ包みを持参しておられるか」

「鞘袋に入った短きものを」

「鵜飼様を仏間にお通ししてくれ」

「仏間にございますな」

首肯した磐音は、着替える、とおこんに言った。そのとき、磐音は着流しに袖《そで》無《な》しを重ねた形《なり》であった。

「畏まりました」

とおこんが答えた。

磐音が羽織袴に着替えて客の鵜飼百助の待つ仏間に入ると、

「ご苦労にございました」

と労いの言葉をかけた。その言葉に会釈で応じた鵜飼百助が、対面する磐音に鞘袋に納めた短刀を差し出した。

磐音は両手で恭《うやうや》しく受け取った。

短刀は神保小路の佐々木道場大改築の折り、地中に埋められていた甕から出てきたものだ。大刀の五条国永はすでに百助の手によって手入れを終えていた。

葵の御紋が刻まれた短刀は、慶長《けいちょう》十年（一六〇五）頃に徳川家康から葵の御紋と「康」の一字を許された越前《えちぜん》の刀鍛冶、初代康継の作刀だ。越前と江戸で鍛刀した康継は、徳川家御用鍛冶として名声を博した。

だが、この長さ一尺一寸三分の短刀の秘密は、刀身の両面に彫られた昇龍の覇気と端麗さではない。茎《なかご》にある、

「以南蛮鉄《なんばんてつをもつて》於武州江戸《ぶしゆうえど》越前康継《えちぜんやすつぐ》」

の銘でもなかった。

葵の御紋とともに刻まれた、

「三河国佐々木国為代々用命　家康」

という十四文字こそ、尚武館佐々木道場の再興を握る鍵だった。

徳川幕府の祖、神君家康が佐々木国為に贈った短刀は、佐々木家の隠された、

「使命」

を意味し、家康が許した証だった。磐音は佐々木家の始祖を「実宗《さねむね》」と承知していた。だが、葵の御紋が刻まれた越前康継の短刀には、「三河国佐々木国為代々用命　家康」とも明確に刻まれているのを見て、「実宗」が佐々木家にとってどのような人物か、もはや知る由《よし》もないと思った。養父の玲圓も知らなかったと確信した。家康から佐々木家に託された用命とは曖昧なものだった。代々の一人ひとりが覚悟したことを敢然とやり遂げることと磐音は思案した。

鵜飼百助が研ぎから拵えまで独りで作業した短刀は小さ刀拵え、梨子地《なしじ》葵紋《あおいもん》螺鈿《らでん》腰刀造りの見事なものだった。

磐音は鞘を払い、一対の昇龍に長々と見惚《みほ》れた。

「江戸の作刀として、これ以上のものはござらぬ」

「いかにも」

「佐々木家にとって、つまりはその後継たる坂崎磐音どのが代々徳川の譜代の臣であることを意味するものにござる」

鵜飼百助の言葉を磐音はどれほど心強く聞いたものか。
磐音は静かに康継を鞘に納めると両手に奉じて深々と鵜飼百助に一礼した。
天明四年正月も残り少なくなった日の昼下がりのことだった。

本書は『居眠り磐音 江戸双紙 徒然ノ冬』（二〇一三年六月 双葉文庫刊）に
著者が加筆修正した「決定版」です。

編集協力 澤島優子
地図制作 木村弥世

本書の無断複写は著作権法上での例外を除き禁じられています。
また、私的使用以外のいかなる電子的複製行為も一切認められておりません。

文春文庫

徒然《つれづれ》ノ冬《ふゆ》

居眠《いねむ》り磐音《いわね》（四十三）決定版《けっていばん》

定価はカバーに表示してあります

2020年12月10日　第1刷

著　者　佐伯泰英《さえきやすひで》
発行者　花田朋子
発行所　株式会社 文藝春秋

東京都千代田区紀尾井町 3-23　〒102-8008
TEL 03・3265・1211㈹
文藝春秋ホームページ　http://www.bunshun.co.jp

落丁、乱丁本は、お手数ですが小社製作部宛お送り下さい。送料小社負担でお取替致します。

印刷製本・凸版印刷

Printed in Japan
ISBN978-4-16-791615-2

居眠り磐音

友を討ったことをきっかけに江戸で浪人暮らしの坂崎磐音。隠しきれない育ちのよさとお人好しな性格で下町に馴染む一方、〝居眠り剣法〟で次々と襲いかかる試練と敵に立ち向かう！

※白抜き数字は続刊

居眠り磐音〈決定版〉順次刊行中！

① 陽炎ノ辻 かげろうのつじ
② 寒雷ノ坂 かんらいのさか
③ 花芒ノ海 はなすすきのうみ
④ 雪華ノ里 せっかのさと
⑤ 龍天ノ門 りゅうてんのもん
⑥ 雨降ノ山 あふりのやま
⑦ 狐火ノ杜 きつねびのもり
⑧ 朔風ノ岸 さくふうのきし
⑨ 遠霞ノ峠 えんかのとうげ
⑩ 朝虹ノ島 あさにじのしま
⑪ 無月ノ橋 むげつのはし
⑫ 探梅ノ家 たんばいのいえ
⑬ 残花ノ庭 ざんかのにわ
⑭ 夏燕ノ道 なつつばめのみち
⑮ 驟雨ノ町 しゅううのまち
⑯ 螢火ノ宿 ほたるびのしゅく
⑰ 紅椿ノ谷 べにつばきのたに
⑱ 捨雛ノ川 すてびなのかわ

⑲ 梅雨ノ蝶 ばいうのちょう
⑳ 野分ノ灘 のわきのなだ
㉑ 鯖雲ノ城 さばぐものしろ
㉒ 荒海ノ津 あらうみのつ
㉓ 万両ノ雪 まんりょうのゆき
㉔ 朧夜ノ桜 ろうやのさくら
㉕ 白桐ノ夢 しろぎりのゆめ
㉖ 紅花ノ邨 べにばなのむら
㉗ 石榴ノ蠅 ざくろのはえ
㉘ 照葉ノ露 てりはのつゆ
㉙ 冬桜ノ雀 ふゆざくらのすずめ
㉚ 侘助ノ白 わびすけのしろ
㉛ 更衣ノ鷹 きさらぎのたか 上
㉜ 更衣ノ鷹 きさらぎのたか 下
㉝ 孤愁ノ春 こしゅうのはる
㉞ 尾張ノ夏 おわりのなつ
㉟ 姥捨ノ郷 うばすてのさと
㊱ 紀伊ノ変 きいのへん
㊲ 一矢ノ秋 いっしのとき
㊳ 東雲ノ空 しののめのそら
㊴ 秋思ノ人 しゅうしのひと
㊵ 春霞ノ乱 はるがすみのらん
㊶ 散華ノ刻 さんげのとき
㊷ 木槿ノ賦 むくげのふ
㊸ 徒然ノ冬 つれづれのふゆ
㊹ 湯島ノ罠 ゆしまのわな
㊺ 空蟬ノ念 うつせみのねん
㊻ 弓張ノ月 ゆみはりのつき
㊼ 失意ノ方 しついのかた
㊽ 白鶴ノ紅 はっかくのくれない
㊾ 意次ノ妄 おきつぐのもう
㊿ 竹屋ノ渡 たけやのわたし
51 旅立ノ朝 たびだちのあした

新・居眠り磐音

① 奈緒と磐音 なおといわね
② 武士の賦 もののふのふ
③ 初午祝言 はつうましゅうげん
④ おこん春暦 おこんはるごよみ

文春文庫　最新刊

ミルク・アンド・ハニー　村山由佳
男は、私の心と身体を寂しくさせる―魂に響く傑作小説

大獄　西郷青嵐賦　葉室麟
安政の大獄で奄美大島に流された西郷。維新前夜の日々

三国志名臣列伝　後漢篇　宮城谷昌光
後漢末期。人心離れた斜陽の王朝を支えた男たちの雄姿

森へ行きましょう　川上弘美
一九六六年ひのえうま、同日生まれの留津とルツの運命

京都感傷旅行《センチメンタル・ジャーニー》　十津川警部シリーズ　西村京太郎
陰陽師は人を殺せるのか。京都の闇に十津川警部が挑む

三途の川のおらんだ書房　迷える亡者と極楽への本棚　野村美月
死者に人生最後・最高の一冊を。ビブリオファンタジー

あなたの隣にいる孤独　樋口有介
無戸籍児の玲菜が辿り着いた真実。心が震える青春小説

血と炎の京《みやこ》　私本・応仁の乱　朝松健
田中芳樹氏推薦。応仁の乱の地獄を描き出す歴史伝奇小説

芝公園六角堂跡　狂える藤澤清造の残影　西村賢太
落伍者には、落伍者の流儀がある。静かな鬼気孕む短篇集

マスク　スペイン風邪をめぐる小説集　菊池寛
マスク着用とうがいを徹底した文豪が遺した珠玉の物語

紙風船　新・秋山久蔵御用控（九）　藤井邦夫
一膳飯屋に立て籠った女の要求を不審に思った久蔵は…

徒然《つれづれ》ノ冬《ふゆ》　居眠り磐音（四十三）決定版　佐伯泰英
毒矢に射られ目を覚まさない霧子。必死の看病が続くが

湯島《ゆしま》ノ罠《わな》　居眠り磐音（四十四）決定版　佐伯泰英
磐音は読売屋を利用して、田沼に「闇読売」を仕掛ける

花影の花　大石内蔵助の妻　平岩弓枝
内蔵助の妻りく。その哀しくも、清く、勁い生涯を描く

街場の天皇論　内田樹
天皇制と立憲デモクラシーの共生とは。画期的天皇論！

オンナの奥義　無敵のオバサンになるための33の扉　阿川佐和子　大石静
還暦婚・アガワ&背徳愛・オオイシの赤裸々本音トーク！

女将《おかみ》は見た　温泉旅館の表と裏　山崎まゆみ
混浴は覗き放題が理想!?　女将と温泉旅館を丸裸にする！

一九七二　「はじまりのおわり」と「おわりのはじまり」〈学藝ライブラリー〉　坪内祐三
あさま山荘、列島改造論、ロマンポルノ…戦後史の分水嶺